COLLECTION POÉSIE

GHÉRASIM LUCA

Héros-Limite

suivi de

Le Chant de la carpe

et de

Paralipomènes

Préface d'André Velter

nrf

GALLIMARD

La première édition de ces trois recueils
a été publiée par Le Soleil Noir,
HÉROS-LIMITE *en 1953,*
LE CHANT DE LA CARPE *en 1973*
et PARALIPOMÈNES *en 1976.*

PARLER APATRIDE

Être hors la loi
voilà la question
et l'unique voie de la quête [1]

À cette question et à ce cheminement en forme de scrupuleuse mise à l'écart, Ghérasim Luca ne s'est jamais dérobé. Né à Bucarest dans le quartier juif Dudesti-Vacaresti le 10 ou le 23 juillet 1913 (les documents officiels portent l'une ou l'autre date), il se prénomme soit « Zola » soit « Salman » selon que l'on se rapporte aux souvenirs de famille ou à l'acte de naissance. Son père, Berl Locker, tailleur de profession engagé dans l'armée roumaine, meurt un an plus tard : le fils hérite du statut d'orphelin de guerre.

Dès l'adolescence, comme il le souligne lui-même dans une brève note biographique, il se choisit « un nom et un égarement ». Il a déjà l'intuition que son pays, c'est son corps; que son identité, c'est sa voix. Et que cette voix, si elle garde en partie le timbre et les déchirures des rumeurs de l'enfance, si elle n'est pas de profération spontanée, se risque en zone inconnue, crée un stupéfiant no man's land *physique et sonore.*

Parler roumain, français, allemand, yiddish était habituel dans la communauté juive ashkénaze, libérale, d'une ville-carrefour comme Bucarest. Ce jeu des langues, qui semblait tonique, légitime, fondateur et formateur, n'avait pourtant rien d'innocent. Non seulement il récusait l'idée d'une hiérarchie entre les idiomes, mais il gardait vivant le yiddish, qu'un programme gouvernemental d'inspiration ultra-nationaliste et antisémite entreprenait d'éradiquer. Ghérasim Luca, qui se voulait «égaré», qui pressentait les limites qu'impose toute appartenance, ne se tenait, sur ce terrain de survie et de liberté, nullement en retrait. Qu'il s'agisse d'esthétique ou de politique, il n'était jamais loin des avant-postes, mais en position visiblement décalée : solidaire et solitaire.

Dans les années trente, au moment où il commence à publier dans diverses revues post-dadaïstes qui se donnent pour «frénétiques», l'idéologie fascisante des Gardes de Fer est en train de prendre le contrôle des milieux intellectuels roumains. Luca et quelques-uns de ses amis optent pour la tactique de la provocation frontale, déjà expérimentée, mais dans un contexte moins redoutable, par Tristan Tzara et les Surréalistes parisiens.

Afin de ridiculiser le puritanisme ambiant qui prétend réglementer tous les comportements publics et privés, notamment ceux qui ont trait à l'amour et au désir sexuel, il diffuse avec Paul Paun et Pérahim un texte dont le titre seul suffit à l'envoyer en prison : Pula-La Bite. *Le ridicule ne tuant décidément personne, c'est rien moins que le premier ministre qui ordonne les poursuites et la mise en jugement. Preuve était faite cependant que la dérision restait la seule arme disponible pour tous les désarmés, en attendant pire.*

Dans sa cellule, pendant son bref internement, Luca rencontre un ouvrier typographe qui le persuade de collaborer à La Parole libre, *un journal militant dirigé par des socialistes et des membres du parti communiste clandestin. Allergique en matière artistique, et pour toujours, à tout embrigadement, toute discipline, tout ce qui fait référence à des normes, des modèles, des projets, des programmes positifs, il ne refuse pas politiquement de parer au plus pressé. D'autant que la menace est précise, quotidienne, et que les poètes roumains les plus en vue se sont faits les chantres d'une « roumanité » fondée sur le mythe d'une race et d'une langue pures, désignant comme cibles premières aux exactions les communautés juive et tsigane.*

En tant que correspondant de La Parole libre, *Luca séjourne à Paris en 1938. Il retrouve ses amis Jacques Hérold et Victor Brauner, participe au Salon des Sur-indépendants, correspond avec André Breton mais renonce à le rencontrer. Après la déclaration de guerre, il passe en Italie, puis rentre en Roumanie le 26 juin 1940 en compagnie de l'écrivain Gellu Naum. Par réflexe plus que par prescience ou calcul, il vient d'échapper à la déportation. Les brimades et les travaux obligatoires auxquels il est désormais astreint, pour discriminatoires et pénibles qu'ils soient, apparaissent sans rapport avec les persécutions qui frappent les autres Juifs d'Europe.*

En situation de citoyen disqualifié, dans l'angoisse constante d'un transfert possible vers les camps de la mort, Luca se dit « naufragé ». Il cesse toute activité poétique et artistique, participant seulement, pour ne pas sombrer tout à fait, à des réunions clandestines avec quelques amis. La guerre finie, c'est avec eux qu'il anime un groupe surréaliste particulièrement dynamique, disposant d'une imprimerie et d'un lieu d'exposition.

Jusqu'à la proclamation, fin 1947, de la République Démocratique Roumaine, Luca renoue avec une création effrénée, fiévreuse, diversifiée, qui ne respecte pas les cadres ni les spécificités habituelles. Dans l'exaltation d'une liberté retrouvée et la sensation obsédante peut-être que le temps est compté, il multiplie les publications, les recherches poétiques et plastiques. Son intérêt déjà ancien pour les grands textes philosophiques allemands et les débats autour de la psychanalyse, l'incite à mener des approches théoriques aussitôt mises à l'épreuve de la pratique. Cela tient d'une sorte de compétition où l'analyse peut céder devant le désir et l'expérience prendre de vitesse la pensée, la raison, la logique. Il n'y a plus de sens interdit au royaume du sens, et le sensible n'est plus soumis au sensé.

Ghérasim Luca décide alors de ne plus écrire qu'en français. Il vient pourtant d'achever en roumain trois textes importants : L'Inventeur de l'amour, La Mort morte *et un* Manifeste non œdipien, *manuscrit perdu depuis, mais dont les thèmes allaient investir l'œuvre future et expliciter le recours à une langue « non-maternelle ». Car « l'exil linguistique » qu'il choisit est la conséquence directe de « l'activité non-œdipienne » qu'il vient d'énoncer. Couper ce cordon ombilical-là est un geste radical qui dévoile un défi majeur : en finir avec l'ordre « naturel », « héréditaire » des discours, en finir avec l'ordre tout court.*

L'Histoire récente n'avait que trop montré son emprise sur les destins individuels pour que Luca néglige les moyens de s'en affranchir. Répudier les mots et la syntaxe qui, pour lui, ont structuré un inconscient collectif coupable des plus innommables atrocités relève alors de la sauvegarde personnelle et d'un pari nécessaire. La langue française semble être le matériau idéal pour les explorations inédites qu'il projette. Il la connaît depuis longtemps, mais sans que rien d'atavique puisse entraver, troubler ou retenir ses ardeurs sacrilèges ni moindrement ralentir son impatience, son exaspération, sa soif, à l'évidence insatiable, d'émancipation absolue.

Sans compter qu'une synchronisation, qui tient sans doute de la parodie inspirée, voit paraître les premières amorces du « bégaiement poétique » chez Luca au moment même où l'Histoire se met à bégayer. Le pouvoir communiste à peine installé reprend bientôt, sous la bannière hautement conformiste du réalisme prolétarien, l'essentiel de la phraséologie ancienne. Le creuset idéologique a changé de couleur, mais les ingrédients moraux et patriotiques, les valeurs sociales et familiales concourent à une pareille et aussi systématique domestication. Luca est immédiatement considéré comme un déviant, et ce n'est pas son appel à « l'érotisation généralisée du prolétariat » qui plaide en sa faveur.

Avec son ami Dolfi Trost, il essaie de fuir définitivement la Roumanie, mais leur tentative échoue. Commence une attente interminable et, à bien des égards, odieuse. Seule une demande de visa pour Israël peut désormais permettre de franchir les frontières, le régime communiste ayant imaginé de monnayer ses citoyens juifs. Après cinq années de refus, d'atermoiements, et grâce à l'aide d'amis parisiens, Luca obtient le sauf-conduit qui l'oriente vers cette destination qu'il n'a pas souhaitée. Il va y rester de longs mois, échappant par tous les moyens au service militaire obligatoire, vivant reclus dans une grotte qu'il éclaire à l'aide d'un miroir qui reflète les rayons du soleil.

Cet épisode du détour-séjour par Israël, orchestré sous forme de racket par les autorités roumaines, a tout d'un révélateur décisif où la farce historique prend goût d'ignominie. Comme le souligne Dominique Carlat, « le parcours suivi par Ghérasim Luca ne lui aura pas ménagé les occasions de découvrir ce qu'un cliché nomme "l'ironie de l'histoire" : engagé aux côtés de quelques membres d'un parti communiste ultra-minoritaire dans la lutte anti-fasciste des années trente, il se voit condamner par les mêmes dès leur accession au pouvoir, soumis à leur bon vouloir. Se définissant lui-même comme "l'étran-juif", juif étranger à la judéité définie comme une appartenance religieuse, ethnique, ou nationale, n'ayant jamais partagé l'idéal sioniste, le voici contraint de demander asile à Israël avant de pouvoir rejoindre Paris en 1952[2]. »

Désormais, et le récit précédent dit assez pourquoi, Luca se veut obstinément, presque obsessionnellement, apatride. Il entend n'être situable que par défaut, ne se conformer à aucun cadre, récuser d'un seul mouvement sa nationalité d'origine et ce qui aurait été une nationalité d'emprunt. Un tel statut d'exilé de partout lui vaut un surcroît de désagrément à chaque passage de frontière, mais quitte à ajourner ou à annuler des voyages trop problématiques, il ne transige pas.

On ne peut donc le présenter, pour les quarante-deux années de résidence parisienne qui vont suivre, que comme un apatride de singulière expression française, tant il a outrepassé les codes de sa langue d'adoption. Homme de nulle part enfin, il parle ici *une langue tout à fait sienne qui excède autant le bon usage des linguistes et des grammairiens que le bon style des littérateurs, la bonne pensée des idéologues ou les bonnes mœurs des tenants de l'ordre grégaire. Pas étonnant que son nom et son œuvre, qui donne d'abord à lire et à voir quelques livres-objets et quelques poèmes-*

estampes, ne trouvent que peu d'échos au-delà d'un cercle d'amis captivés et fervents.

Jacques Hérold, Max Ernst, Wifredo Lam, Piotr Kowalski, Micheline Catti, Pol Bury participent aux éditions à tirage limité, et François Di Dio entraîne Luca dans l'aventure déjà exceptionnelle et éclairante du Soleil Noir *en publiant, dès 1953, son premier texte majeur :* Héros-Limite. *Mais ce sont les récitals donnés à partir des années soixante qui vont, et c'est la fonction de la « voix haute », décupler les résonances, provoquer cet envoûtement qui, gagnant de proche en proche, transforme les poèmes de Luca en autant de talismans.*

Car s'il publie de loin en loin et paraît rarement en public, chacune de ses lectures se change en événement décisif pour ceux qui ont la chance d'y assister. C'est comme si, tout à coup, le masque des mots se délabrait, comme si la parole soudain dépecée s'inventait un nouveau corps, comme si le sens surgissait neuf, violent, insolent, irréductible sur les ruines des slogans, stéréotypes et autres moules langagiers. Entendre Ghérasim Luca imposait de redécouvrir, toutes affaires cessantes, toute certitude bannie, toute prudence bafouée, le pouvoir primordial de la poésie, sa puissance oraculaire et sa vertu de subversion.

Le film réalisé en 1989 pour la télévision par Raoul Sangla, sous le titre-manifeste de Comment s'en sortir sans sortir, *fait admirablement partager cette fascination qui tient à part égale l'enchantement, le désenchantement et une angoisse ou une peur qui se transmuent instantanément en ironie panique. La mise en scène est une mise en page, et tout y devient signe : l'écran comme une feuille blanche ; le poète vêtu de noir, pareil à un caractère d'imprimerie ; les glissements de caméra d'une grande sobriété qui jamais ne détournent de l'écoute, mais favorisent une aimantation de l'œil vers les mots proférés en obéissant aux pulsations mêmes de la parole.*

Et puis, il y a Luca, sa présence, sa voix. Présence fragile, frémissante, en rupture, et voix au timbre roulant, venue des confins balkaniques, qui lutte à bout de chant contre une langue par trop commune, jusqu'à reprendre souffle à force d'essoufflement. Il y a aussi sa main libre, celle qui ne tient pas le livre et n'a que le vide pour appui.

Luca dit sans emphase, sans effet, alors même qu'il accepte l'épreuve du don total de soi et d'une profération qui s'arrache à sa masse sonore. Il dit dans un vertige, fouille son labyrinthe, mange, malaxe, maltraite, mitraille, caresse, exalte les consonnes, les voyelles, les phonèmes, relance ses rythmes, dévale ce qui déraille, tangue au creux du gouffre verbal pour renaître plus ardent après les naufrages, avec entre les dents cette goutte de néant volée aux grands fonds, à l'obscur et à la mort.

« La mort, la mort folle, la morphologie de la méta, de la métamort, de la métamorphose ou la vie, la vie vit, la vie-vice, la vivisection de la vie » étonne, étonne et et et est un nom, un nombre de chaises, un nombre de 16 aubes et jets, de 16 objets contre, contre la, contre la mort ou, pour mieux dire, pour la mort de la mort ou pour contre, contre, contrôlez-là, oui c'est mon avis, contre la, oui contre la vie sept, c'est à, c'est à dire pour, pour une vie dans vidant, vidant, dans le vidant vide et vidé, la vie dans, dans, pour une vie dans la vie[3].

Ce monologue de Héros-Limite, *où le poète bute sur les mots comme on s'abîme de piège en piège, montre comment Luca broie de la pensée comme d'autres du noir, et comment c'est de la nuit de son balbutiement qu'il surgit décapé, tranchant, grinçant, avec autour de lui des langues de bois coupées à la hache, des discours désarçonnés et des façons de dire éventrées sans façon. Alors sans doute est-il temps de s'octroyer le répit d'un* Quart d'heure de culture métaphysique, *histoire d'apprécier la transcendance à sa juste mesure de transe et de danse, histoire aussi de passer mine de rien du coq à l'âme, et retour.*

Allongée sur le vide
bien à plat sur la mort
idées tendues
la mort étendue au-dessus de la tête
la vie tenue de deux mains

Élever ensemble les idées
sans atteindre la verticale
et amener en même temps la vie
devant le vide bien tendu
Marquer un certain temps d'arrêt
et ramener idées et mort à leur position de départ
Ne pas détacher le vide du sol
garder idées et mort tendues[4]

On constate qu'au cours de tout récital, comme dans chaque livre, il y a place pour la relaxation, le rire, le foudroiement. Place également pour le désir, l'amour et la passion qui, «passio passionnément», ne ment pas. En exorciste involontaire, en arpenteur par effraction, l'auteur-lecteur surgit comme un éveilleur qui simplement passerait pour un sonneur de cloches.

Dans un court texte, Luca note à quel point sa poésie ne peut être séparée de son expression orale. Cette Introduction à un récital[5] *constitue par ailleurs un décodage des plus éclairants des recherches et des enjeux auxquels il s'est affronté, et l'on peut lire ces lignes comme s'il s'agissait du* précipité *d'un parcours d'ensemble.*

Il m'est difficile de m'exprimer en langage visuel. Il pourrait y avoir dans l'idée même de création — créaction — quelque chose, quelque chose qui échappe à la description passive telle qu'elle découle nécessairement d'un langage conceptuel. Dans ce langage, qui sert à désigner des objets, le mot n'a qu'un sens, ou deux, et il garde la sonorité prisonnière. Qu'on brise la forme où il s'est englué et de nouvelles relations apparaissent : la sonorité s'exalte, des secrets endormis surgissent, celui qui écoute est introduit dans un monde de vibrations qui suppose une participation physique, simultanée, à l'adhésion mentale. Libérez le souffle et chaque mot devient un signal. Je me rattache vraisemblablement à une tradition poétique, tradition vague et de toute façon illégitime. Mais le terme même de poésie me semble faussé. Je préfère peut-être : « ontophonie ».

Celui qui ouvre le mot ouvre la matière et le mot n'est que le support matériel d'une quête qui a la transmutation du réel pour fin. Plus que de me situer par rapport à une tradition ou à une révolution, je m'applique à dévoiler une résonance d'être, inadmissible. La poésie est un « silensophone », le poème, un lieu d'opération, le mot y est soumis à une série de mutations sonores, chacune de ses facettes libère la multiplicité des sens dont elles sont chargées. Je parcours aujourd'hui une étendue où le vacarme et le silence s'entrechoquent — centre choc —, où le poème prend la forme de l'onde qui l'a mis en marche. Mieux, le poème s'éclipse devant ses conséquences. En d'autres termes : je m'oralise[5].

Car s'il est un poète de l'écrit, qui suit avec un soin quasi maniaque la transcription typographique de ses livres, Luca s'affirme d'abord devant des auditoires que subjugue son phrasé intense et sa silhouette noire livrée à la houle des syllabes et des sons. Mais cette houle, à l'instar de la pensée qu'il traque Vers le non-mental, *ne s'apparente*

Ni à la tempête
dans un verre d'eau
ni au verre d'eau dans la tempête[1].

Il s'agit d'une révolte intime, exacerbée, d'un arrachement essentiel, existentiel, et même essentiellement existentiel.

Jusqu'à La Proie s'ombre, *dernier recueil publié de son vivant, Luca a mené sa création funambule en toute instabilité. Il a poursuivi son périple d'aviveur de nerfs qui perçoit que ce qui est à saisir, échappe. Que ce qui est à saisir est l'échappée même. La proie a mangé l'ombre, l'ombre se joue de la proie :*

ne serait ce que pour marquer
d'un sec rire d'alarme
le mot qui dévore[1].

Ghérasim Luca s'est avancé ainsi au bord extrême des signes et du vide, des légendes factices et du profond silence...

c'est autour de l'équateur mental
dans l'espace délimité par les tropiques
d'une tête
à l'angle de l'œil et de ce qui l'entoure
que le mythe d'une espèce de
jungle utopique surgit dans le monde [1].

Et il a évoqué superbement, dans cet éclairage de magie sèche qui n'appartient qu'à lui, les dieux

sortis comme de l'accouplement de l'oiseau
et du rameau
et que les exilés du centre
et de l'ombre d'un feuillage d'or
adoreront un jour
entre les murs de leurs cités sombres [1]...

Voici, farouche et démuni, un destructeur qui éclaire, un écorcheur qui change le sang en ciel et le dernier adverbe venu en promesse imprévue. Explorateur sans boussole, alchimiste sans illusion, guetteur implacable des mirages bien-pensants, il sait que la liberté, la « liberté libre », n'a pas plus d'espace du côté des Tables de la Loi que sur un cahier d'écolier.

On ne s'inquiète et on ne lutte
que pour sauver ce qui est
et l'idée même de liberté
ne s'énonce qu'en termes d'esclaves[1].

Intervient alors dans l'existence de Luca, à la fin des années quatre-vingt, l'un de ces désagréments qui, pour être ordinaires, n'en révèle pas moins la désastreuse pesanteur de ce que l'on nomme le poids des circonstances. Une procédure d'expulsion le chasse de l'atelier de la rue Joseph de Maistre où il réside, et qui a été déclaré insalubre. Pour obtenir d'être relogé par la ville, il doit présenter des « papiers en règle », avec inscription notamment d'une explicite appartenance nationale.

Lui qui se vit en apatride définitif, qui répond imperturbablement aux fonctionnaires : « — Profession ? — Poète. — Mais ce n'est pas un métier ! — Non, c'est un état... », finit par accepter, la mort dans l'âme, d'être naturalisé français. Il sort de cette épreuve si profondément troublé, la mémoire réinvestie par les brimades et les exactions anciennes, qu'il perçoit partout la résurgence des idéologies et des comportements racistes et antisémites.

Le 9 février 1994 à minuit, Ghérasim Luca poste son ultime message avant de se jeter dans la Seine. Il dit vouloir quitter « ce monde où les poètes n'ont plus de place », et s'en remet au fleuve qui avait emporté, vingt-quatre ans plus tôt, son ami Paul Celan.

Cette mise hors du temps, cet effacement, pour tragiques qu'ils apparaissent, ne sont en rien désaccordés au destin de celui qui, se voulant « héros-limite » de la poésie vécue, sombrait ainsi jusqu'à l'ultime ressac des flots et des mots, et se faisait proie de l'ombre. Manière sacrificielle de signifier que pour être définitivement « hors la loi », il faut partir sans laisser de traces.

André Velter

1. Ghérasim Luca : *La Proie s'ombre*, José Corti, 1991.
2. Dominique Carlat : *Ghérasim Luca l'intempestif*, José Corti, 1998.
3. Ghérasim Luca : *Héros-Limite*, Le Soleil Noir, 1953, ci-après p. 15.
4. Ghérasim Luca : *Le Chant de la carpe*, Le Soleil Noir, 1973, ci-après p. 91.
5. Cet inédit est publié avec l'amicale autorisation de Micheline Catti.

HÉROS-LIMITE

D'abord c'est Vide qui aborde Rêve et Caresse
Ensuite ce n'est que David Hume et Auguste Comte, son ombre
Caresse rêve Massacre, vide Rate de son trouble et bouche Formule
David Hume épaule Bouche et plante Poignard entre les épaules d'Auguste Comte, mais il rate Signe
Celui-ci entre, poignarde Voile (D. Hume) et Fumée (A. Comte), trouble leurs plumes, puis les massacre
Ruine tâche de fumer Portes (A. Comte et D. Hume) qu'elle compte, hume, signe, plume et formule
Elle les mure dans Poudre (dans A. Comte) et puis rencontre Éclipse (D. Hume) qu'elle ruine
Manie chasse rencontre (D. Hume) et éclipse Intrigue (A. Comte)
C'est la lutte entre celle qui poudre et celui qui palpe et qui ombre (entre D. Hume et A. Comte)
Une chasse captive plane au-dessus de leurs têtes (les têtes de D. Hume et d'A. Comte)
Et c'est Balance qui, sans pompe, manie Palpe comme une lance, porte Peigne plane à ses plantes

et balance toutes les traces (les traces de D. Hume et d'A. Comte)

Elle captive un tatou (A. Comte) qu'elle tète, forme et intrigue, mouche et pompe sa trompe et lutte pour Souffle (pour D. Hume)

Celui-ci perce un trou dans le mur (dans A. Comte), coupe Souris en forme de bombe qu'on lance (sur D. Hume) et tatoue la statue des mouches

Ainsi, Perle trompe Brosse, peigne ses joues en perce et statue la tâche qui souffle, bombe et sourit

On viole c'est-à-dire on troue une coupe qui brosse et on veille à ce que la natte qui joue ne se rue pas sur Naufrage

Veille (A. Comte) et Outrage (D. Hume) fusionnent

De même Sucre (D. Hume) et Gomme (A. Comte)

Siège (A. Comte et D. Hume) est sale et court mais, en échange, il nage

Cela court les rues car Désir est une pêche qui perle Action

Il trace Nage et pêche celui qui sale, sucre, natte, gomme, échange, outrage, naufrage et actionne Fusion

Ainsi on sommeille dans le sommeil

Un peu plus tard c'est Être (et Non-Être) qui galope vers Songe et vers Lave et c'est Mine qui livre Masque au Lit

Glace (A. Comte) n'en peut plus: un frisson

siège dans sa gorge mate et le sombre fusil de l'oubli sort de sa montre comme un livre-limite, ferme et poli

Galope (D. Hume) tarde d'être sublime: il glace, il frissonne, il gorge de soufre Étoile, il mâte Frise, il mine Brise, il souffre, il sombre

Sort masque Fait ou bien il le masse, l'un fusille l'autre, l'un frise et polit l'autre et ainsi ils s'oublient (c'est D. Hume et A. Comte qu'on oublie)

C'est alors qu'on fait les comptes et qu'on brise tout ce qui nous limite, tout ce qui nous voile et tout ce qui nous manque

Fouille ferme Manque dans Souille
Foule fouille, souille et hache Griffe
Hache nuit au Nombre
Un viol en masse griffe Cause
On lit, on cause, on foule et on nombre
On nous montre celle qu'on désire, celle qu'on sublime et celle qu'on étoile
Nuit nous lave et nous songe
Je hume

HÉROS-LIMITE

HÉROS-LIMITE

« La mort, la mort folle, la morphologie de la méta, de la métamort, de la métamorphose ou la vie, la vie vit, la vie-vice, la vivisection de la vie » étonne, étonne et et et est un nom, un nombre de chaises, un nombre de 16 aubes et jets, de 16 objets contre, contre la, contre la mort ou, pour mieux dire, pour la mort de la mort ou pour contre, contre, contrôlez-là, oui c'est mon avis, contre la, oui contre la vie sept, c'est à, c'est à dire pour, pour une vie dans vidant, vidant, dans le vidant vide et vidé, la vie dans, dans, pour une vie dans la vie.

Je dis je je jeu jeudi sept mai, mais, c'est à dire je dis ô, je dis jour et oui, jour et nuit je le dis, que oui aujourd'hui jeudi le le sept mai, jeudi je dis mort, je dis mort morte comme on dit on me dit trois, sept et trois faux fond font dix, on dit dix comme on le pense, c'est à dire comme le trois, le troisième dé de la terre, on se tait, on me tait, se taire comme le troisième terme issu de je pense qu'on me pense et de se se suis, je suis décidé de, je suis le dé qu'on jette sur le trois-sept, c'est à dire comme le trois, le troisième terme issu su de se se se suicider et être être suicidé au dé ou à la scie, le troisième terme ré ré réco, l'écho de la scie et du dé réconci réconcilia réconciliateur, oui il y a la ré, la réconciliation entre se suicider et être suicidé, à l'insu du troisième terme issu de l'insur, de l'insurrection et de la ré, sursur, de la résurrection.

Et quand je dis vie, vie dans la vie, je le dis comme on dit il est, elle a, elle est l'état dans l'état, c'est à, c'est à dire le thé, le terme, le sein, tes seins comme thé, comme thèse, le terme synthèse de l'an, de l'anti, de l'anti-nom et momie, de l'antinomie sur un plat de compote de porc, sur le plan du compor, du comportement de deux trois, sept trois, du troisième terme de deux cités, de deux cécités plastiques, de deux élasti élasticités contre, contre contracte, de deux trois, de deux élasticités contradictoires comme l'impair, comme l'imperméabilité paire et la tracpeine de naître, de naître pendant une traction du moi, pendant une contraction impaire de mon moi et de son elle-même, les deux elle-même du moi paires et habiles, les deux élasticités contradictoires comme l'imperméabilité et la, et la pénétration par, parfait, parfaitement réconcil cils réconciliées.

Nous avons fait, parfait, parfaitement fait

et défait comme défi, nous avons fait les, laissez laissez les 16 objets, nous avons défini les 16 objets de la paix qui naîtra, de la pénétra, de la pénétration vie vie violente et mort mort mordante, de la pénétration unie universelle.

Les 16 objets pénètrent la paix, la pénétrante.

La pénétrante, les trente, trente universelles, elle est, on le sait, elle est fa, femme, la fa, fameuse unie universelle.

Femme cou, coucou, femme coupée pain, comme un pain, en deux, coupée en deux avec une, elle a vécu en paix, en deux, coupée en deux avec une scie, si si avec une scie fine, scie infinie au beau milieu de sa, en deçà, née, elle est née l'an mille, l'an néant, aube au beau milieu des sons, de son corps, de la, au delà de l'année, de l'anti-année, au delà de l'anéantissement concret, crête de son corps infini, sur la, vers, vers la tic tic tic tic, sur la, sur langue, sur la grande verte vertiticale qui relie son grand nez clef, clef de Cléopâtre ab abs abst abstr abstraite à sa bouche située, tuée entre ses deux cuisses récon, récon réconcil cils réconciliatrices et mé, aimées, je t'aime, té tic tic et météoriques.

Elle est coucoupée en deux la grande cour, la courte, la grande tic tic, la grande courtisane uni universelle et sa vie, sa vigie, son unité, sa grande virginité unie est intacte comme la, comme lave, comme la vie, comme la vie anale de son père, l'unie l'unité virginale de cette cour, de cette courtisane universelle est intacte, elle est intacte la virginité de cette vipère.

Cela nous montre par, parfait, parfaitement, la scène de l'eau natale à la lu, j'ai lu cela hier soir dans le lit, dans le livre des cris, à la lu, à la lueur d'un grand rire vie violent et vie vie violateur, cela démontre parfait parfaitement l'obscénité cri criante de ce mon, de ce monde et la, la sur surdité, l'absurdité to to totale.de no, de notre to ti tic tic, de notre timidité.

Il est aisé de voir ou de, ou de ne pas voir la baie, elle est là, je l'ai vue hier soir dans le, et et mais, mais aimez, aimez donc, il faut l'aimer, il faut baiser la baie, la vie, la violer violemment, aimant, être son amant, il faut baiser violemment l'obscène universelle où où ouverte et fermée.

Les froides voix, l'effroi des froids voyeurs ment, elle ment, ils mentent, les froids voyeurs mentaux mentent devant la vie, devant la virginale obscénité qu'ils n'ont pas, non non ils n'ont pas pu voir la baie là-bas, la bouche aimante obscènement ouverte et bouchée au-dessous de son vent, de son ventre impur, infini, prude, tic impur, impudique, pour eux cette bouche ferme, fermée, bouchée et obscènement infinie n'est qu'un œil regardant la dent de l'œil de leur nez, l'œil regardant-regagardé fait pour garder leur nez sale à la porte, à la portée de l'œillet purpur de l'univers sale sous le nez de leur universalité.

L'unie, l'universalité, la versatilité des voies que de froids voyeurs mentaux appellent, ils pèlent, ils pèlent le fruit, donc pas besoin de mordre, de couper, de violer, de violemment pénétrer, tout tout cela, ils appellent tout cela inviolable, l'intout, le tout, l'intouchable, pour eux il n'y a vrai vraiment rien à transpercer.

Leur monde est une boule ronde, lisse, purpure, aux bords innés, inabord, d'abord il est inabordable, pas de fissure où se fourrer, pas de voie pour y pénétrer, et puis, et puis, il se méfie de nous, tic tic, il est métaphysique, tic, le grand tout métaphysique.

C'était à mon tour de m'aimer, de me méfier de cette fille, de cette métafille métaphysique et ronde, c'était mon dé, mon défi et c'est ainsi, si si c'est ainsi que je me suis tour tourné d'un coup vers, que je me suis découvert devant la, devant les boas, devant les baobabs dés, déserts du dé, du désir, ces vols cancan de l'air en éruption comme de vraies comètes-êtres, comme de beaux boas-air en pleine érection dans une rue déserte, dans ce, danse danse baobab cancan, dans ce vol captif et gelé d'où sur sur surgit l'aimée méandre de l'an, de l'endroit, de l'androïde du geste toujours tour, la tour, jour et nuit tourné vers la, vers la femme, vers la fa, la fameuse et obscène virginité universelle, mes deux mains ré réconcil cils réconciliées, amies et réconciliées sur la, sur l'obscène mitrailleuse de mes dix doigts comme la tour et la femme entremêlées au vol, tuez tuez au vol la tueuse, la muette, elle est là, tuez-là, voluptueusement mêlées la tour et la femme dans une vraie, un faux, une vraie folie, vraie folie-lit, dans une vraie folie de mutuelle pénétration.

Cette haine, oui, c'est ainsi que, et à l'insu de, que je me suis tourné d'un coup, en effet c'est d'un coup que j'ai fait tourner la tour, la tourmente, c'est ainsi, si, c'est ainsi que j'ai fait tourner la tour, la tourmente mentale vers le grand mi mythe du trou, et c'est comme un bol, comme un bolide précis que je me suis précipité vers le grand sein, vers le grand symbolisme mythique du trou, contre, contre le tout, contre tout le rien du tout, du tout, de ce grand tout à transpercer.

Et les voies, les voiles qui dévoilent les voies vers le tout, c'est avec rien, c'est avec de simples trous, c'est par de simples trous vides troués dans le grand tout que je me suis violemment fourré dans le grand rien du tout plein qui est le grand tout universel.

Voilà ce que j'ai fait :

J'ai pris cent quatre vingt quatre plats, plaques métaplats, plaques méta métal métalliques, cent quatre vingt quatre plaques de cuivre minces et flexibles, ré ré rectangulaires, air, de l'air, rectangulaires et brillantes.

De gras, de grands trous ronds et égaux comme gras, comme grandeur, au nombre rond de deux cent quatre vingt huit pour cha, pour chaque, pour chaque feu, pour chaque feuille de métal, transpercent sur tout, sur toute la, sur toute la surface métallique le lit, lamé, la mince matérialité té du cuivre.

La distance d'un trou à l'autre est un infime esp espa espace, l'infime et minime es esp espa espace dément, demandé par un trou pour ne pas se, pour ne pas dé dé dépasser, oui c'est à ce prix infime-infini que le trou est trou, pour ne pas dépasser son, dépassons, non pas dépasser, pour ne pas dépasser son con son con son contour tour, la tour, donc pour ne pas être privé, non, non, oui c'est à ce prix là que, donc pour ne pas priver de con de concept le nez, le nez, le néant béat de son être nié.

Le nombre de trous troués dans les cent quatre vingt quatre feux, feuilles, métafeux de métal métalit, atteint, teint, teint le chiffre cinquante deux mille neuf cent quatre vingt douze.

De ces cent, de ces cent quatre feux, de ces cent quatre vingt quatre feuilles de feu et de cuivre, de ces cinquante mille trous en feu, de ces seins troués dans le feu, dans les cinquante deux, de ces cinquante deux mille neuf neuf neuf neuf cent vingt douze trous, j'ai construit les 16 objets de la, de la contre, contre la, les 16 objets-là.

Chaque objet pore porte le nom du nombre de trous qui a servi, vie, la vie, pour la vie, contre la mort, pour la mort morte, pour une vie, vie, vie, pour une vie dans la vie, pour, pore, pore, porte le nom du nombre de trous qui a servi à sa confection.

Voilà les non, les non, les noms chiffrés à l'excès, les noms extrêmes, ex ex expansifs, excentriques et extrêmes, les noms exacts de ces objets :

I	4320
II	4896
III	4608
IV	4032
V	2880
VI	1152
VII	1728
VIII	1440
IX	2016

X	2304
XI	3168
XII	2592
XIII	5184
XIV	3456
XV	9216
XVI	0

Note : Le zéro, ce rond zénith des chiffres, étant le, le zéro étant le chiffre du trou absolu, lu lu lubrifiant l'absolu, l'objet lubrifiant et absolu qui porte ce nom absolu n'a pas été construit comme les eaux, pas comme les nappes d'eau en été, pas, pas comme les autres, cet objet n'a pas été construit avec, pas avec des trous troués dans des seins, dans de simples feux, dans de simples feuilles de métal comme les autres, mais avec tous les trous du mon, du monde, réunis dans un tout, dans un grand rien du tout lubie lubie lubrifiant et absolu.

Ile, île, cet objet est comme une île, île unique, tour, tour infinie et unique, île, île, il est le seul, le seul objet métaphysique de ma collection de trous entourés d'un contour métallique et, malgré son grand, son grand défaut d'être gras, grand et métaphysique, malgré son grand et gras défaut faux de ne pas être du tout, il reste l'objet près, l'objet préféré de ma collection.

Pendant, dent, dent, pendant que les autres objets font un grand, un grand détour plastique, mythique, air, air, air érotique, tic, air, air héroïque pour tout, pour touche, pour toucher leur but infini, de son zéro ouvert comme un cou, comme un couteau, comme un couteau infini plongé dans un cou infini, ouvert comme un trou infini, de son zéro ouvert comme une trappe infinie sous la tour des trous infinis, il frappe le grand tout en plein cœur.

L'objet nu nu numéro 16 est un héros-limite.

L'ANTI-TOI

L'ANTI-TOI

A l'état de mante et dans son beau corps de corbeau et de tatou, l'homme hume et allume un pâle tourment nid, nid infini.

Mille tatous tatouages, mille tatouages couvrent d'un beau manteau d'ours et de loup, d'un beau manteau de velours lourd, sa serre, sa cervelle frêle et sauvage, mille tatouages mentaux couvrent son cerveau de vautour :

l'étrange anneau d'une nourriture qui le noue et le mange, l'effroi du froid et du chaud qui le chasse et l'effrite, la poussière qui le pousse, qui le ronge, qui le hante, l'effort de tourner vite, nu, inné et dément, de tourner inutilement dans un trou qui le songe et partage, et puis il y a l'efficace qui l'épuise et l'efface devant l'absurde et l'absence de toute essence paire, rixe instable, impaire, impérissable, de toute essence impérissable, sable mouvant, vent, or, or, rage nuancée, le muet et toi, et toi, toile étoilée, sourde-muette, boîte vide, boîteuse, filante, lente et rapide sur l'écran de mon crâne tatoué à l'haleine de ma mère tatouée et tuée à l'intérieur de mon dedans, mot dent, mordant mordu et tordu dans mes cris mentaux, dans mon crime mental, creux creuse creusé dans la peau de mon cerveau, en pleine plaie terre, terreur et vertige de l'or, de l'or, de l'horreur de vie, de vivre comme les poux, comme l'époux de l'épouvante, en pleine mort vivante du mot, du monde mortel tel que la vie de ce monde vide et immonde nous l'inflige.

Avec ses maux de tête, de traître, avec les maux, les mauvais coups qu'elle joue quelquefois au couple capital, la vie coupe une fois pour toutes, pour toujours, en petits maux, en petits mots, en tous petits morceaux le corps fondamental du couple, cette mante démente du moi sous-souple et total et en fer, enferme le beau, le beau corps, le beau corbeau fondamental mental du moi dans une cage métallique, lit métaphysique qui le rend fou, froid, prisme, prisonnier et mère, père périssable.

Mais les tatous qui sonnent, les tatous qui sont tous tâtés aux os par moi, les tatouages mentaux d'un zoo qui pousse dans mon anticerveau à moi, ce faux dément en rage contre les maux, contre les mobiles qui me séparent de mon toi, qui se parent de ma bile à moi, qui se partagent abus abusif abusivement le moi et le toi à moi, rampent, plissent et remplissent en moi la panse, la pensée dé déjà pensée et labile du toi et la remplacent par une pensée pensante, saillante, saignante, qui à son tour est repensée dans une sorte d'autopensée errante, erratique, érotique et vie viol violemment absente.

Ainsi l'an, l'anti, l'antinomie mythe et vie écrit vite sur l'épée son nom d'épave qui sait, qui roule, qui s'écroule dans la vie, car les deux terres, les deux termes de l'antinomie jouissent mais d'ici, dissimulant l'anti-anti, le trois, qui à son tour les simule en deçà ou d'ici, distançant ainsi encore plus la distance entre l'un, elle, elle et l'autre.

Elle lance et contourne un évanouissement contractile tactile, contradictoirement tourné vers l'autre, et contre-balance un épanouissement expansif autour d'un front à distance, rond, pensif, content, plat, actif et contemplatif.

Capturant l'essence du moi à ses vices, à ses viscères qui puisent tout, qui puisent toute leur haine, or, or et orme, toute leur énorme puissance d'un rêve mâché par l'écho d'une bouche errante mais puissamment attaquée-attachée au cordon d'ombre ombilical comme une bille qui glisse dans un beau bocal vide ou sombre, la tour du moi tourne comme une bille, elle tourne tout doux douce doucement dans le tourbillon du ventre mental.

Et c'est à l'or du mot, hors, hors du monde dévot dévorant que la mante, c'est alors que la mante mord le corbeau dans son centre.

Avec émoi dans le cœur et la crainte solitaire de se taire à jamais derrière sa tête, le moi casse et anime le toi qui l'aimait et qui étale ainsi, étoile éteinte et lointaine, toute une astronomie animale sur l'étreinte.

Au nom de l'antinomie frénétique et exquise, l'anti-toi est un tatou schizophrène et unique.

LA VOIE LACTÉE

LA VOIE LACTÉE

L'atome, la tomate, une simple tomate sur une tige en rage atomique et on peut, si, on le peut si cela vaut vraiment la peine debout, de bouger une bougie dans la bouche de l'homme et la paix, la peine de mettre le feu au bout, un tout, un tout petit peu et on peut de nouveau bru brûler au vol, au volcan où le père, perpétuellement à l'affût d'une canne, fut à jamais tué d'un coup d'aile, ainsi que la colle, l'acolyte du bourreau, son accolade, mais tout cela délimiterait un peu trop les trois héros de la boue natale et le mythe de la proie et de la pomme.

On sait que la pomme n'est rien, n'est rien d'autre qu'un sein, un symbole du lâchez-pas la chair de la chimère, une chaise atmosphérique et sa chaîne, bol de lait qui traîne saoul sous la peau, nuée noyée dans la braise centrale, cent plats portés sur un plateau platonique tonique à la portée d'un manque d'haleine, plateau de seins sphériques féériques, éther, éternellement plantés dans la plaie de l'homme.

Elle est la fronde tirée sur tout et surtout la frontière de tout, de tout ce qui tousse et tout étouffe, elle bouche l'issue du goût, du gouffre, borne la forme du corps et sans fer s'enferme, sue, suce et suffoque.

Sa chair est sue, sucrée, elle effraie, elle est fraîche, et au contact tact de la tiède, de la tienne, c'est comme une tache dans l'air que ta chair célée se laisse toucher par la sienne.

L'homme et le monde partagent entre eux le ver qui ronge le cœur de la pomme et comme une éponge aux yeux ouverts bien au delà du miel et du mal, le malheur absorbe l'absurde surtout sur toute la longueur de sa courbe qui naît, qui naît ailleurs et qui n'est d'ailleurs qu'une formule.

Et la vie n'est rien, n'est rien en dehors de cette langue, de cette langueur des bornes courbées sous le poids d'une formule.

Ayant à remplir d'abord la forme d'un sein en chaleur, c'est comme la vipère dans la vie du père que la courbe rampe à la recherche d'une bouche mais celle-ci étant privée de dents, son ascendant est la balle, la balance, ainsi le sein est bien obligé de verser son lait dans une autre version de la hantise qui est innée à sa néantisation.

Entourée de sel qui livre sa rage à une salive d'absinthe, entourée de ses lèvres rouges mais absentes, la bouche sans dents boit, lave, voile l'acte de téter, elle boit la Voie Lactée comme on lèche ou comme un chien qui aboie.

L'acte de suer dessus, l'acte d'être deçu au-dessous de soi-même et le sein, le simple fait de vouer, de vouloir ex ex exciter et exercer la succion sur un monde à excréter ex à exécrer aidé dé dé et déjà créé, crève le rêve du vampire et le sue, le suce en retour, se retourne souvent contre le vampire même, qui expie, expire, essaie et sec et ce qui qui étant, qui est encore pire, ce qui empire encore plus le pis, le pire, c'est qu'en expirant le corps secrète, il secrète le secret des mots et des mobiles, le secret de sa mobilité.

Et c'est dans le noyau du feu foetal, dans le noyau foetal et focal d'une pêche immobile que l'homme noie à jamais le sec, le secret de son péché figé, fixé et pétri pétrifié à jamais.

Ses jambes perdent pied entre la pêche et la pomme et il tombe raide dans un de ces rien du tout, dans un de ces aériens tombeaux du beau où le laid n'est qu'un bien, un but, un sein, un simple attribut du mal, du malheur d'être.

Naître dans son propre tombeau sévit, vire et crève, c'est vivre la vie d'un décapité qui rêve.

Sa captivité constitue tue à l'aise les œufs qui palpent des pépins et des tétins qui palpitent, les seules thèses qui palpitent dans une tête perdue, éperdument suspendue et pendue entre les deux pôles d'une vie subie subite, entre les deux épaules de la victime.

Dans le même centre excentré excentrique où la vie n'est que l'excès expansif d'une plaie morte, entre les deux tempes d'une tempête viol viol biologique, la tête tragique de l'homme loge en même temps deux antithèses tactiques, constantes et amantes, constamment prêtes à centrer leurs tics lubriques sur un sein, à s'entretuer sur le sein d'une synthèse réelle et luisante, réalisant ainsi une sorte d'extase infirme-infinie, seule prothèse coupable capable dessous, de soulager sa panique, sa rage logique et sa tourmente.

Tout état, tout, tout est à tout étage âme, tout est à jamais corps coordonné, donné, ordonné dans un corps et une âme emmurés à jamais dans un tout mou et muet, noué, ficelé, scellé à jamais à la roue des torts, des tortures où tout est mutuellement mutilé, déterminé, terminé, miné, état, état établi et obstrué, délimité, réglé, bouché et de toutes parts encerclé clef.

Et pas de clef à la serrure de ce porc, de cette porte, pas de clef et pas de serrure, et si nos sens, si l'innocence tire à faux sur le vide qui l'absorbe, si pour sortir de l'absurde on doit d'abord l'aborder et dégorger, égorger l'essence d'une vie qui noue, qui nous borne et nous tente, et forcer les ondes qui ouvrent et qui ferment une porte existante, ne pas oublier que les pores, que les portes de prix, de prison, par dix ou par mille parmi nous, dissimulent partout une cour intérieure qui les entoure et les voile comme une loi qui se voit et qui se dévoile simultanément à la mort, à la morgue, orgue en orgasme dans tous les organes de lait de l'être, et que celui-ci se complaît dans son complexe complet où plaie, plèbe, blé et blessure réfléchissent l'être qui lèche ainsi sa morsure et qui fléchit sous la flèche qui le reflète.

Où où ouvrir les prisons sur la scène du nouveau-né ou sur rien ne veut rien dire sinon défi, défilé creusé dans les cimes, dans les cimetières qui sont des berceaux, des os, des seaux de lait enterrés dans la matière d'une matrice d'où on déterre tous les jours le même ver de lait de l'être fou, fourré dans ce rien qui est tout, dans ce rien qui s'entoure de toutes parts par lui-même et qui sape, qui s'appelle pomme ou prison.

Une prison c'est l'être lui-même cloîtré derrière sa clef et son cercle, et comme une louve au rire âcre mais fier, l'ouvrir s'aime mieux à l'écart, c'est mieux écarter la rupture entre le cri sacré du moi et les griffes de l'autre, c'est à dire un moi, un moyen de sacrifier la créature à quelque chose d'autre, massacrer le créateur dans sa créature, et avec les os de l'écho du chaos et dans une sorte de coma de combat entre l'homme et l'atome, la tomate, l'automate, recréer le créé et être ainsi par rapt, par rapport à lui, la parade d'un para-être qui surgit et s'insurge à l'intérieur de soi-même comme le coma, comme une comète en coma dans le ventre de la terre.

LE PRINCIPE D'INCERTITUDE

MA DÉRAISON D'ÊTRE

le désespoir a trois paires de jambes
le désespoir a quatre paires de jambes
quatre paires de jambes aériennes volcaniques
absorbantes symétriques
il a cinq paires de jambes cinq paires
symétriques
ou six paires de jambes aériennes volcaniques
sept paires de jambes volcaniques
le désespoir a sept et huit paires de jambes
volcaniques
huit paires de jambes huit paires de
chaussettes
huit fourchettes aériennes absorbées par les
jambes
il a neuf fourchettes symétriques à ses neuf
paires de jambes
dix paires de jambes absorbées par ses jambes
c'est-à-dire onze paires de jambes absorbantes
volcaniques
le désespoir a douze paires de jambes douze
paires de jambes
il a treize paires de jambes
le désespoir a quatorze paires de jambes

aériennes volcaniques
quinze quinze paires de jambes
le désespoir a seize paires de jambes seize paires de jambes
le désespoir a dix-sept paires de jambes absorbées par les jambes
dix-huit paires de jambes et dix-huit paires de chaussettes
il a dix-huit paires de chaussettes dans les fourchettes de ses jambes
c'est-à-dire dix-neuf paires de jambes
le désespoir a vingt paires de jambes
le désespoir a trente paires de jambes
le désespoir n'a pas de paires de jambes
mais absolument pas de paires de jambes
absolument pas absolument pas de jambes
mais absolument pas de jambes
absolument trois jambes

SOUPIR-A-TRAPPES

la main invisible repose sur un lion invisible
le lion flotte dans une chambre invisible
parfaitement subitement invisible
l'air de cette chambre est un couteau
  invisible
insensiblement respiré par le lion
  essentiellement invisible
pour le couteau invisible
la main n'est qu'un face-à-main à peine
  visible
mais c'est lui le couteau qui est naïvement
doucement nettement invisible
car le face-à-main n'est que la surface de la
  main
la surface miroitante et sensible
de l'eau d'un lac
de l'au-delà d'un lac somnolent
et absent et facile et passivement invisible
passivement invisible la main invisible
prend le couteau passivement substantiel
et l'enfonce l'enfonce l'enfonce
profondément
dans l'eau follement invisible

particulièrement invisible silencieusement
invisible
de ta peau simultanément nuage
nuage sable
visible méconnaissable indivisible
invisible sable nuage sable sable
méconnaissable

AUTO-DÉTERMINATION

la manière de
la manière de ma de maman
la manière de maman de s'asseoir
sa manie de s'asseoir sans moi
sa manie de soie sa manière de oie
oie oie oie le soir
de s'asseoir le soir sans moi
la manie de la manière chez maman
la manie de soi
le soir là
de s'asseoir là
de s'asseoir oui! de s'asseoir non! le soir là
là où la manière de s'asseoir chez soi sans moi
s'asseoir à la manière de
à la manière d'une oie en soie
elle est la soie en soi oui! oui et non!
la manie et la manière de maman de
  s'asseoir chez soi
sans moi
s'asseoir chez soi chérie! chez soi et toute
  seule chérie!
le soir à la manière d'un cheval
s'asseoir à la manière d'un cheval et d'un loup

d'un châle-loup ô chérie!
ô ma chaloupe de soie! ô! oui! s'asseoir non!
s'asseoir le soir et toute seule chez soi ô!
  non et non!
manière de s'asseoir sans moi chez soi
sans moi sans chez ô chérie!
c'est une manière chérie!
une manie de
une manie de la manière de
manière de s'asseoir chez soi sans chaise
s'asseoir s'asseoir sans chaise c'est ça!
c'est une manière de s'asseoir sans chaise

AUTRES SECRETS DU VIDE ET DU PLEIN

le vide vidé de son vide c'est le plein
le vide rempli de son vide c'est le vide
le vide rempli de son plein c'est le vide
le plein vidé de son plein c'est le plein
le plein vidé de son vide c'est le plein
le vide vidé de son plein c'est le vide
le plein rempli de son plein c'est le plein
le plein rempli de son vide c'est le vide
le vide rempli de son vide c'est le plein
le vide vidé de son plein c'est le plein
le plein rempli de son vide c'est le plein
le plein vidé de son vide c'est le vide
le vide rempli de son plein c'est le plein
le plein vidé de son plein c'est le vide
le plein rempli de son plein c'est le vide
le vide vidé de son vide c'est le vide
c'est le plein vide
le plein vide vidé de son plein vide
de son vide vide rempli et vidé
de son vide vide vidé de son plein
en plein vide

LE RÊVE EN ACTION

la beauté de ton sourire ton sourire
en cristaux les cristaux de velours
le velours de ta voix ta voix et
ton silence ton silence absorbant
absorbant comme la neige la neige
chaude et lente lente est
ta démarche ta démarche diagonale
diagonale soif soir soie et flottante
flottante comme les plaintes les plantes
sont dans ta peau ta peau les
décoiffe elle décoiffe ton parfum
ton parfum est dans ma bouche ta bouche
est une cuisse une cuisse qui s'envole
elle s'envole vers mes dents mes dents
te dévorent je dévore ton absence
ton absence est une cuisse cuisse ou
soulier soulier que j'embrasse
j'embrasse ce soulier je l'embrasse sur
ta bouche car ta bouche est une bouche
elle n'est pas un soulier miroir que j'embrasse
de même que tes jambes de même que
tes jambes de même que tes jambes de
même que tes jambes tes jambes

jambes du soupir soupir
du vertige vertige de ton visage
j'enjambe ton image comme on enjambe
une fenêtre fenêtre de ton être et de
tes mirages ton image son corps et
son âme ton âme ton âme et ton nez
étonné je suis étonné nez de tes
cheveux ta chevelure en flammes ton âme
en flammes et en larmes comme les doigts de
tes pieds tes pieds sur ma poitrine
ma poitrine dans tes yeux tes yeux
dans la forêt la forêt liquide
liquide et en os les os de mes cris
j'écris et je crie de ma langue déchirante
je déchire tes bras tes bas
délirant je désire et déchire tes bras et tes bas
le bas et le haut de ton corps frissonnant
frissonnant et pur pur comme
l'orage comme l'orage de ton cou cou de
tes paupières les paupières de ton sang
ton sang caressant palpitant frissonnant
frissonnant et pur pur comme l'orange
orange de tes genoux de tes narines de
ton haleine de ton ventre je dis
ventre mais je pense à la nage
à la nage du nuage nuage du
secret le secret merveilleux merveilleux
comme toi-même
toi sur le toit somnambulique et nuage
nuage et diamant c'est un

diamant qui nage qui nage avec souplesse
tu nages souplement dans l'eau de la
matière de la matière de mon esprit
dans l'esprit de mon corps dans le corps
de mes rêves de mes rêves en action

HERMÉTIQUEMENT OUVERTE

l'amour le torrent le vide la chaise
la chaise vide
la chaise torrentielle et vide suspendue dans le métavide
la métachaise est suspendue à la corde torrentielle du métavide
la métacorde serre et absorbe le métacou torrentiel
de celui qui est suspendu par la corde
au cou de la femme
au cou flou et flottant de sa métafemme
vide torrentielle et assise
la métafemme torrentielle est assise sur la chaise
assise sur le vide de sa chaise
elle métaflotte perpétuellement dans le métavide absolu
de mes désirs absolument torrentiels
absolument météorique et substantielle
la métatête de la métafemme substantielle et météorique
surgit comme une flèche
entre la métacuisse de mes rêves et la métadent de mes désirs

flèche mordante et rapide
qui s'appuie légèrement penchée
au dossier de la métachaise de mes rêves
et désirs
toujours assise toujours imprévisible et
absolument fulgurante
la métafemme flotte et métaflotte toujours
dans le vide
sa petite métaflamme visible par transparence
brûlant à l'intérieur torrentiel de sa tête
tandis que tout près de l'incandescence de
sa tête
un peu au-dessus de sa grande chevelure
météorique
passe comme un nuage
nuage provenu de l'évaporation instantanée
de ses vastes torrents mentaux
la grande tortue métaphysique
la fameuse tortue de la métatorture éternelle
menaçant de sa lourdeur grise tortionnaire
et métamétaphysique
le beau physique charnel de la métafemme
concrètement assise sur sa métachaise volante
volante flottante et assise à son tour
sur la chaise voluptueusement soutenue par
les pieds de mes sens
par mes cinq sens par les mille griffes
et par les mille pattes de la métasensualité
passionnée
tumultueusement surgie dans la métasueur

dans la métasubstance infinie de mes sens
absolument substantiels
les beaux yeux les beaux seins les belles
fesses métaphysiques
de la métafemme absolument substantielle
substantielle torrentielle et météorique
transgressent l'au-delà tortionnaire
de la métaphysique sans physique
transgressent et annulent le grand rien
métaphysique
car toujours assise sur la métachaise
météorique
de mes désirs météoriques infinis et
torrentiels
la métafemme ouvre la femme
elle ouvre et découvre sa chair translucide
ses entrailles transcendantes sa chevelure
transmissible
éruptive dévorante et dormante
son cœur transpercé par les balles
transparentes
de mes caresses en transe
sa douce métavulve
sa noire métabouche
la transplantation innocente de la fleur
de sa bouche
dans les terres aériennes de mes cuisses
la transmigration de la bouche de son âme
vers les cuisses de mon haleine
les transferts insolites

les transfusions insondables
la transmutation gigantesque de tous les
métamétaux amoureux
météoriques torrentiels métamétéoriques
et substantiels
la transmutation gigantesque perpétuelle
et triomphante
du lait maternel
en lave météorique en métavide substantiel
en sperme en sperme et en métasperme
universel
en sperme du diamant
en sperme de ton cœur
en sperme noir de la métaluxure absolue
absolument luxuriante et absolument absolue

INITIATION SPONTANÉE

le peigne tentaculaire
et
spectral
de mon nom tétragramme
peigne
la belle chevelure
terminologique
poussée
sur le corps
de
Olga

de même que
la fameuse position
érotique
dénommée « le cheval »
peigne la chevelure du
néant
le peigne hypothétique
de mon signe nominal
peigne
la chevelure spectrale
de
Olga

il peigne il saigne
il chevauche
jour et nuit
la belle chevelure
télépathique
déchaînée
sur
le nom
fatal
sur le nom ovale
de
Olga

dans un corps-à-corps
télépathique
télépathique splendide
et
complémentaire
on peigne on saigne on chevauche
jour et nuit
le tête-à-tête antithétique
de
ces deux tétragrammes
spectraux

de même que
le fameux chevalier érotique
s'identifie
mythologiquement
à

son cheval
mon nom
télémétrique
Luca
s'identifie
physiologiquement
à
Olga

il s'identifie
à la splendide chevelure
homographe
de
Olga
dont le
g
spécifique
se dissout
tautologiquement
dans l'océan du vertige de l'éclair du cheval
calligraphique
de
mon
L
initial
initial primordial et triangulaire
comme une éruption synthèse
dans la fixité du néant

CONTRE-CRÉATURE

LA MORPHOLOGIE DE LA MÉTAMORPHOSE

C'est avec une flûte
c'est avec le flux fluet de la flûte
que le fou oui c'est avec un fouet mou
que le fou foule et affole la mort de

La mort de la mort de
c'est l'eau c'est l'or c'est l'orge
c'est l'orgie des os
c'est l'orgie des os dans la fosse molle
où les morts flous flottent dessus
comme des flots

Le fou est ce faux phosphore qui coule
phosphore qui cloue la peau du feu
aux eaux aux flots de la porte
alors que la mort de la mort
de la mort morte et folle
n'est que le lot le logis de la faute
qui fausse la logique de loup doux
de la forme
de la forme en forme de mot en forme de mort
en forme de phosphore mort

qui flotte au-dessus de la fausse forme
c'est le loup du faux cette forme
le faux loup qui fait qui ferme
les fausses portes
qui coule sous la fausse faute
et qui fout qui fout qui fouette
la peau d'eau de la mort

La mort la mort morte en faux
en forme de flot qui flotte
au cou de la forme
eau forte et phosphore doux
âme molle de l'effort de l'or
de l'or mou de l'amorphe

La logique de l'amorphe
fouette et foule l'analogie folle
elle la fouette dans sa fausse loge
qui est en or comme
en or comme l'horloge qui orne
le logis d'un mort

Mais le mort le mot d'or d'ordre
le mot le mot d'or d'ordre
de la mort de la mort
c'est mordre c'est mordre les bornes de la forme
et fondre son beau four dans le corps de la femme

Feu mèche et fouet
la femme fourchette le refus du monde
flamme qui monte haut très
très haut et en or
hors de l'horloge très elle se montre
hors de l'horloge des formes très
et hors du mètre
qui ferme et qui borne les ondes

Tache molle aimée et mince
mince et mauve
sur un faux fond or
orange et oblong

La mort longe le mélange des formes
mais le mort le faux mort le mot
le métamort faux
fausse la métamort fausse et amorphe
il fausse la métamorphose de la mort
la morphologie de la mort folle et amorphe
la morphologie longue longue et amorphe
mort folle de la faute
faux fouet de l'effort qui flotte
reflux d'une horloge qui s'écroule et remonte
fausse métamorphose d'une vraie porte en or
et de l'or en faux phosphore
flou comme les flots du cou
et rond comme un mètre long long
comme un mètre de trois mètres blonds
fou qui montre au clou une fausse orange folle

et au loup le faux logis de la flûte
morphologie de la folle de la follement aimée
de la bien-aimée affolante
dans sa peau affolante
la fausse fourchette affolante du phosphore
  analogique
et c'est ainsi que la mort est bien morte
elle est bien morte la mort
la mort folle la morphologie de la
la morphologie de la métamorphose de
  l'orgie
la morphologie de la métamorphose de

LE TRIPLE

le viol viole violemment le on du violon
on du violon étant violé par le viol
le violon c'est le viol
et c'est le viol qui viole violemment le viol
le viol viole le on du violon violé
et le *et* du violon violet
et du violon violet est violé par le e de la viole
mais c'est la ine de la violine
qui violète le viol violé
on du violon violé violète la violette
on du viol du violon violé
et ine de la violine
volent violemment la violette
car l'oniste fait d'un viol un violoniste
de même que le on avait fait de lui un violon
donc
la violette joue violemment du violon
elle joue avec le celliste
de la violente violoncelliste
celle-ci voile le on du violon
tandis que celle-la
s'envole avec l'oniste de la violoniste
heureusement à cette heure

eur du violeur et euse de la violeuse
sont violemment violés par l'acteur et l'actrice
du c du violateur et de la violatrice
c'est avec le on du violon
qu'on voile la violatrice
et c'est avec la ine de la violine
qu'on viole le violateur
on voile et on dévoile
la ine de la violine violatrice
et le on de l'oniste du violoniste violateur
on viole violemment le viol et le violentable
et c'est à la table du violentable
qu'on viole l'inviolable
on viole à table
l'inviolable et tout ce qui est stable
tout ce qui est stable donc violentable
le s du stable est violenté par le in de l'instable
in de l'instable et ine de la violine
sont violés par ette de la violette
et par ette de sa voilette
voir ce qui cache la voilette de la violette
c'est faire le jeu des voyeurs
le f du frire le feu dans le jeu
c'est le rire du f du feu
le rire du f c'est le rite du feu
t du rite suivi de r du rite
suivi de r du rire à la fin du jeu
c'est le feu de feutre
t et r c'est le feutre du feu de la terre
le rire du f du frire le feu

n'étant qu'un rite de la terre de feu
le feu de terre est à la terre de feu
ce que le on du violon est à la ine de la violine
le feu de terre et la terre de feu
jouent leur double jeu
sur le on et la ine du violon-violine
qui à son tour met le feu et la terre
dans son jeu
qui consiste à mettre le feu à la terre
et le f du feu devant le double r de la terre
faux frères et image parfaite du couple
le un et le double sont doublés par le triple
qui déjoue ainsi le jeu androgyne
du on et de la ine
le n du on et le n de la ine
le n du o du i et de la ine
le i du o du o du n
du haut de la haine

L'ÉCHO DU CORPS

prête-moi ta cervelle
cède-moi ton cerceau
ta cédille ta certitude
cette cerise
cède-moi cette cerise
ou à peu près une autre
cerne-moi de tes cernes
précipite-toi
dans le centre de mon être
sois le cercle de ce centre
le triangle de ce cercle
la quadrature de mes ongles
sois ceci ou cela ou à peu près
un autre
mais suis-moi précède-moi
séduction

entre la nuit de ton nu et le jour de tes joues
entre la vie de ton visage et la pie de tes pieds
entre le temps de tes tempes et l'espace de
  ton esprit
entre la fronde de ton front et les pierres de
  tes paupières
entre le bas de tes bras et le haut de tes os

entre le do de ton dos et le la de ta langue
entre les raies de ta rétine et le riz de ton iris
entre le thé de ta tête et les verres de tes vertèbres
entre le vent de ton ventre et les nuages de ton nu
entre le nu de ta nuque et la vue de ta vulve
entre la scie de tes cils et le bois de tes doigts
entre le bout de tes doigts et le bout de ta bouche
entre le pois de tes poils et la poix de ta poitrine
entre le point de tes poings et la ligne de tes ligaments
entre les pôles de tes épaules et le sud-est de ta sueur
entre le cou de tes coudes et le coucou de ton cou
entre le nez de tes nerfs et les fées de tes fesses
entre l'air de ta chair et les lames de ton âme
entre l'eau de ta peau et le seau de tes os
entre la terre de tes artères et le feu de ton souffle
entre le seing de tes seins et les seins de tes mains
entre les villes de ta cheville et la nacelle de tes aisselles
entre la source de tes sourcils et le but de ton buste
entre le musc de tes muscles et le nard de tes narines

entre la muse de tes muscles et la méduse de ton médius
entre le manteau de ton menton et le tulle de ta rotule
entre le tain de ton talon et le ton de ton menton
entre l'œil de ta taille et les dents de ton sang
entre la pulpe de ta pupille et la serre de tes cernes
entre les oreilles de tes orteils et le cervelet de ton cerveau
entre l'oreiller de tes oreilles et la taie de ta tête
entre le lévrier de tes lèvres et le poids de tes poignets
entre les frontières de ton front et le visa de ton visage
entre le pouls de tes poumons et le pouls de ton pouce
entre le lait de tes mollets et le pot de ta paume
entre les pommes de tes pommettes et le plat de tes omoplates
entre les plantes de tes plantes et le palais de ton palais
entre les roues de tes joues et les lombes de tes jambes
entre le moi de ta voix et la soie de tes doigts
entre le han de tes hanches et le halo de ton haleine

entre la haine de ton aine et les aines de tes
veines
entre les cuisses de tes caresses et l'odeur de
ton cœur
entre le génie de tes genoux et le nom du
nombre
du nombril de ton ombre

AIMÉE A JAMAIS

AIMÉE A JAMAIS

S'il y a un amour en général, il faut avant tout que j'aime celle qui n'est pas l'aimée et c'est dans cette aimée même que je me fais aimer comme amour et que l'aimée m'aime comme amant de l'amour que j'aime comme aimée.

Par quoi il ne faut pas entendre que l'amour aime l'aimée mais que, au contraire, c'est l'aimée qui aime ce qu'on aime tout en s'aimant comme amour d'une aimée et que cette aimée aime par elle-même comme la même aimée et comme cette aimée même.

Un amour qui aurait à aimer l'aimée sans être l'aimée même serait ce qu'on n'aime pas.

L'aimée que j'aime a à aimer ce qu'elle aime c'est-à-dire ce qu'elle aimera.

Ainsi, en aimant l'amant ou l'amour, ma bien-aimée aime l'amour dans son amant, en tant qu'elle-même est l'aimée de la non-aimée qui aime.

Pour que la non-aimée puisse n'être pas l'amour et pour qu'elle puisse aimer l'amant du non-amour sans que l'aimée soit la non-aimée de l'amour, il faut qu'elle ait à aimer elle-même le n'être-pas-aimée, il faut qu'elle ait à ne pas aimer le non-amant de son amour.

Et cet amour même qui est l'amant de l'aimée fait qu'il y a un non-amant aimanté.

Cela ne signifie point que ma bien-aimée aime ce qu'elle aime, mais simplement qu'elle aime à aimer non pas l'amour aimé mais l'amour aimant, l'amour aimantant, amoureusement aimanté par son amant amoureusement aimé.

Et il va de soi que pour l'amant aimanté-aimantant, aimer-ce-qui-n'est-pas-l'aimée est tout entier aimanté par la non-aimée, l'amant aimant ce qui n'est pas l'aimée aimantante sur le mode aimanté de la non-aimée aimée, le ne-pas-aimer-la-non-aimée n'est jamais aimé mais amoureusement non-aimé dans un amour aimantant, l'amour ne peut ne pas être aimé qu'en tant qu'il est amour de l'aimée même comme n'aimant que la non-aimée adorée.

Ainsi, l'aimée aime ce que j'aime c'est-à-dire soi-même, l'adorée.

Seulement cette aimée doit aimer une aimée qui s'aime et qui est aimantée par son amour d'être aimée par elle-même.

Lorsque, en effet, l'aimée s'aime comme n'aimant pas ce que j'aime, elle aime déjà ce qu'elle n'aime pas, elle aime la non-aimée adorée.

C'est que, lors de l'aimantation de l'aimée, l'amant n'aimait pas seulement l'aimée mais aussi la non-aimée ardente.

Celle que je me fais ne pas non-aimer, ce n'est pas seulement en tant que je n'aime pas qu'elle n'aime pas ce que j'aime éventrer, mais je me fais précisément ne pas aimer une non-aimée qui se fait ne pas aimer ce que j'ai à aimer, c'est-à-dire ce que j'ai à éventrer dans l'âme ardente de son amour.

Seulement cette double aimantation de ma bien-aimée est ce que j'aime ne pas non-aimer : ou bien je me fais ne pas aimer l'aimée et alors l'aimée est l'amour pour moi et j'aime mon amour pour elle ; dans ce cas l'aimée cesse d'être l'amour pour moi c'est-à-dire l'aimée qui me fait aimer l'amour pour elle par amour d'être aimée par moi ; ou bien l'aimée aime bien mon amour pour elle et se fait n'être aimée que par mon non-amour pour elle mais en ce cas je deviens amour pour moi et elle n'aime pas son amour par delà mon amour pour elle.

Quelles que soient les aimantations, les ventilations et les adorations dans l'âme de ma bien-aimée, si l'aimée doit aimer d'abord l'amour, elle est celle qui, par amour, ne peut s'aimer dans l'âge d'or de l'amour déjà aimé mais dans ce qu'on peut amoureusement désigner comme l'âme de l'or fabriqué dans l'amour à aimer.

Puisque pour l'aimée à aimer l'amour est ce qui sera fabriqué, en d'autres termes l'aimée est l'aimée jamais aimée, l'aimée aimée à jamais.

En ce sens mon amour pour elle n'est pas ce que j'aimais, mais ce que j'aime à ne pas aimer tout en aimant ce qu'elle-même aime.

Donc, le je-suis-aimé m'aime.

Et j'aime ma bien-aimée dans ce qu'elle-même aime à ne pas aimer ce qui n'est pas à aimer-aimant.

Je l'aime dans le j'aimerai de ce que j'avais toujours aimé, fabriqué, aimanté et amoureusement éventré.

Mais, par là même, j'aime et je non-aime non seulement l'aimée-non-aimée de mon amour mais le non-amour-même, c'est que je ne pourrais pas ne pas aimer le je-serai-aimé par l'amour, dans l'amour, pour l'amour, si je n'avais déjà aimé-aimerai le non-amour de l'amour éventé, implicité et éternel.

J'aime l'amour en lui laissant l'âme et le ventre de ma bien-aimée entre les mains.

Mais comme j'aime l'amour entre l'âme et le ventre de ma bien-aimée j'aime l'âme-ventre de ses mains éventrées, c'est-à-dire ma bien-aimée ardemment implicitée dans ses mains.

Ainsi, cet amour est à la fois mon âme éventée par ses mains et le ventre de ma bien-aimée ardemment éventré par l'âme aimantée de mon ventre.

Dans la mesure où l'âme d'or de ma bien-aimée adorée est fabriquée comme âge d'or artificiel dans les aimantations ardentes de nos amours à aimer, l'amour à aimer reste ouvert comme un non-ventre.

Comme âge d'or non-artificiel l'amour n'est que le retour éventré vers ce ventre maternel qui le mure à jamais dans son centre.

Mais l'amour n'est pas le centre d'un ventre, il est centre d'un centre, son propre ventre c'est-à-dire non-mère éventrée, aimantation et murmure, ouverture.

Celle-ci est ainsi, d'une part, l'aimée ouverte ou l'aimée à aimer au delà des murs éventrés, mais d'autre part l'aimée aimée a dans son ventre muré la non-aimée adorée; disons mieux, puisque ma bien-aimée aime ce qu'elle aimera elle n'aime plus ce que j'aime; mais en tant qu'elle aime déjà ce qu'elle aime, elle aime à jamais ce que je n'aime pas.

L'amour est lui-même ce non-amour que j'aime.

Du côté de l'amour de l'aimée, l'aimée est aimée comme la non-aimée adorée qui m'aime, les murs de son ventre à éventrer sont murés dans le centre; du côté de l'aimée de l'amour, la non-aimée adorée est aimée comme aimée aimée, car toute aimée que j'ai à aimer est adorée à jamais.

Pourtant cet amour éventé dans son centre qui est mon amour à adorer n'est pas une ouverture dans le mur mais ouverture sans mur.

Car il ne s'agit pas d'ouvrir ce qui n'est pas ouvert mais bien de rendre ouvrant ce qui n'est qu'ouvert; il s'agit d'ouvrir l'ouvert, de rendre aimante-aimantante l'aimée à aimer et d'éventer non le centre d'un ventre mais les cent vents éventés au delà des murs éventrants.

Et c'est à partir de ces vents éventés par le non-ventre éventré de ma bien-aimée que l'âge d'or artificiel fait ses aimantations fabriquées dans le centre aimantant-fabriquant de l'amour à aimer.

A vrai dire, l'aimantation fabriquée-fabriquante de l'amour à aimer était déjà là, mais murée dans les murmures du déjà-là.

C'est pourquoi la toujours-aimée n'est plus la déjà-aimée-là.

Mais cette toujours-aimée, comme amour de mon amour, j'aime en outre que l'aimée-là l'aime en tant qu'elle est n'importe où c'est-à-dire comme aimée-partout murmurante.

Comme telle elle est et n'est pas partout : âme-trou, ventre-tout, pendant que l'aimée-là n'y est pas et c'est ce n'y-est-pas amoureusement éventé qui est le non-amour de mon amour.

Éventrer le tout c'est vider le trou de son non-trou éventrant, non pas à titre de non-aimée à vider — cette aimée-non-aimée nous renverrait à la jamais-aimante murée à jamais dans son ventre que je ne puis vider et dans laquelle précisément il n'est rien à proprement parler puisqu'elle aime ce qu'elle aime — mais à titre d'aimée à aimer partout et toujours dans le trou de son âme fabriqué comme un non-tout adoré et troublant.

Il s'agit donc de remplir ce non-tout adoré d'un trou à trouer, à vider, à aimer, à troubler, à murmurer.

Mais puisque le trou à trouer est l'aimée à jamais et ainsi seulement l'une des aimées, on a déjà dit qu'il est lui-même le vide à vider ; car ce vide à vider le vide de l'aimée étant une aimée, une vidée, il est justement troué ainsi comme ce qui a en soi-même l'aimée, la trouée.

En d'autres termes, l'aimée n'est pas le contraire de l'aimée à aimer mais seulement le contraire de soi-même, la vidée ; ainsi l'aimée est en elle-même le non-tout adoré ; ou encore elle n'est pas un contraire du non-tout mais est le trou d'un vide à vider qui remplit le non-tout adoré comme un tout.

Il reste donc à remplacer le non-tout adoré de tout l'or de l'air de l'âme de l'amour, de tous les vents éventés par l'amour, de tous les murmures aimantés contre les murs, contre les mères, de tous les trous anti-trous de nos amantes.

Ouverture, vent, centre, trou aimantant, or fabriqué, âge d'or fabriqué-fabriquant, or d'air, air d'âme, murmure et ventre sont animés l'un envers l'autre comme le sont l'aimée et l'amant et leur amour consiste plutôt à se poser comme non-amour et à s'adorer perpétuellement dans la non-aimée même.

Il y a bien deux amants qui s'aiment, ils s'aiment eux-mêmes, ils s'aiment eux-mêmes comme non-amants, c'est-à-dire que chacun est l'amant de soi-même, ils ont leur amant en eux et ont seulement un seul amour à adorer.

L'amour ou cette aimée adorée, tel que tout ce qui est non-tout s'aime d'une façon quelconque, par exemple comme vide vidé, est plutôt le contraire de cette aimée, a été en vérité l'âme de tout le non-tout parcouru depuis la toujours-aimée-partout mais c'est seulement dans le trou d'un trou que cette âme elle-même a un ventre à trouer.

Dans l'amour qui a un vide à vider et non

pas un ventre troué d'âme, l'aimée devient la toujours-aimée-là, mais l'aimée se vide à nouveau comme aimée, puisqu'elle s'aime en deux aimées-partout c'est-à-dire comme un non-tout qui s'aime mais qui s'aime comme quelque chose à vider de sa non-aimée adorée.

Désormais, l'amour comme aimée à aimer a une double non-aimée, l'une le trou du non-tout et de la déjà-aimée-là, la troublante, mais qui pour lui est l'aimée comme non-amour, et la seconde, lui-même précisément, trou du non-tout et qui, amoureusement, est aimé seulement dans son tout vidé de tout.

Ce que l'amour de l'amour aime tout en s'aimant comme à-aimer, a aussi, en tant qu'il s'aime comme à-aimer, non seulement le tout et le non-tout amoureusement remplis de vide à vider mais encore le non-tout vidé de tout son tout à vider.

Ce non-tout à vider, tel qu'il s'est vidé comme aimée vidée-vidante, n'est donc que l'aimée encore aimante de l'amour amoureusement troué d'aimées.

S'étant seulement aimé en soi-même, en aimant l'aimée-là, il ne s'y est pas aimé comme non-aimée de cette aimée-là.

La non-aimée s'aime bien comme bien-aimée-tout, mais en outre comme non-aimée-là, et en même temps comme aimée-non-tout en tant que l'aimée vidée-vidante de la toujours-aimée-partout.

Une telle aimée n'a rien de non-aimée en elle et doit amoureusement se vider devant le non-tout à aimer parce que ce qui est troué est justement ce qui n'a pas son non-tout en lui-même, mais ce qui a son trou dans le non-trou adoré.

Mais, en fait, cette aimée, au lieu d'aimer ce qui est à aimer en ouvrant l'à-aimer jusqu'à l'aimant-aimantant, n'aime pas ce qui s'aime dans un tout comme non-trou aimanté par le tout vide et vidant.

C'est pourquoi elle aime aimer le non-vidant entre les murs d'un amour qui est mère éventrante, qui n'est aucunément l'or et l'air troués d'âmes, murmurants, ni le vent au delà de son centre.

Lorsque, par la suite, on découvre que la mère-mur adorée n'est pas la bien-aimée à ouvrir, à couvrir et à trouer, la toujours-aimée est déjà la déjà-aimée-là comme un tout vidé à jamais de son non-tout que j'aime, que j'ai à aimer et que j'aimerai partout et toujours.

C'est précisément ce qui est à non-vider.

Car il n'y a, par rapport à ma bien-aimée aimantante, aucun tout muré, aucune aimantation déjà aimantée.

Mais qui me décidera à trouer les murs aimantés sinon ma bien-aimée?

Mon amour c'est ma bien-aimée adorée et ma bien-aimée est à adorer dans ma bien-aimée et j'adore l'adorée, l'ardente, la toujours-adorée, la partout-odorante, je l'adore, j'adore son odeur, ce tout et ce non-tout éventés par ma bien-aimée partout et cette aimantation adorée qui est son non-ventre adoré, adorant et amoureusement fabriqué en or fabriqué dans l'âge d'or fabriqué de mon Amour, comme un grand trou vide troué dans un grand trou à vider jusqu'à la fin des âges.

LE CHANT
DE LA CARPE

QUART D'HEURE

DE CULTURE MÉTAPHYSIQUE

Allongée sur le vide
bien à plat sur la mort
idées tendues
la mort étendue au-dessus de la tête
la vie tenue de deux mains

Élever ensemble les idées
sans atteindre la verticale
et amener en même temps la vie
devant le vide bien tendu
Marquer un certain temps d'arrêt
et ramener idées et mort à leur position de départ
Ne pas détacher le vide du sol
garder idées et mort tendues

Angoisses écartées
la vie au-dessus de la tête

Fléchir le vide en avant
en faisant une torsion à gauche
pour amener les frissons vers la mort
Revenir à la position de départ
Conserver les angoisses tendues
et rapprocher le plus possible
la vie de la mort

Idées écartées
frissons légèrement en dehors
la vie derrière les idées

Élever les angoisses tendues
au-dessus de la tête
Marquer un léger temps d'arrêt
et ramener la vie à son point de départ
Ne pas baisser les frissons
et conserver le vide très en arrière

Mort écartée
vide en dedans
vie derrière les angoisses

Fléchir la mort vers la gauche
la redresser
et sans arrêt la fléchir vers la droite
Éviter de tourner les frissons
conserver les idées tendues
et la mort dehors

Couchée à plat sur la mort
la vie entre les idées

Détacher l'angoisse du sol en baissant la mort
en tirant les idées en arrière
pour soulever les frissons
Marquer un arrêt court
et revenir à la position de départ
Ne pas détacher la vie de l'angoisse
Garder le vide tendu

Debout
les angoisses jointes
vide tombant en souplesse
de chaque côté de la mort

Sautiller en légèreté sur les frissons
à la façon d'une balle qui rebondit
Laisser les angoisses souples
Ne pas se raidir
toutes les idées décontractées

Vide et mort penchés en avant
angoisses ramenées légèrement fléchies
devant les idées

Respirer profondément dans le vide
en rejetant vide et mort en arrière
En même temps
ouvrir la mort de chaque côté des idées
vie et angoisses en avant
Marquer un temps d'arrêt
aspirer par le vide

Expirer en inspirant
inspirer en expirant

LA PAUPIÈRE PHILOSOPHALE

Bien au-delà du peu
la peau et l'épée
lapent
l'eau ailée
du petit pire

Toupie d'une peur idéale
épi à pas de pou
appât
ou pâle pet de pétale

La vie dupe la fille du vite

Tapis doux
où les fées filent
les feux muets
d'un rien de doute

L'effet est fête
faute hâte
écho et cause

Muer le vil métal
en pot-au-feu d'or mental
étale
un métapeu de métatout :

œufs de tatou...

mythes dormants...

haute île en air...

Mi-métamoi mi-métatoi
le métanous nous étoile

Le mot « pied » ose
le mot « pierre » s'use
tout colle

Tout est foutu
touffu
fétu

faux
défi
défaut
fou

Peau fine
paupière finale
foetale
fatale
philosophale

LE VERBE

Sous des dentelles soudées
au nom de l'Occident

la brûlante morsure des mots

oxyde...
...dent

Or

la faculté de dire non

à cette rencontre

accule l'ascète du contre

à rendre

au sein même de l'extase

un culte aux synthèses :

j'aime...

...mourir

mais de rire...

...de fou rire

A ce carrefour
qui est four alchimique

des gestes
des jets
des jeux

et des tics

nos corps miment la vie sourde

ou absente

de n'importe quel mot

que seul l'absurde

— piège ou porte —

jamais le comique

hante

Sous les regards hagards
du témoin oculaire

(son nom ? Glissez-glissez-à-votre-tour)

ces lieux occultent la belle Occidentelle

qui

sur le thème « hélas! hélas! »

danse

aux confins d'un Moi

de plus en plus élastique

la fin de toute densité...

l'ample faucon d'air...

les ailes du doute...

une hélice...

C'est ainsi que Glissez-glissez-à-votre-tour

voit monter sur la scène

la Pure-lâcheté-de-s'enfuir-
précipitamment-
devant-l'absence-de-danger

suivie de près par son double

la honte et la voie

figurées ici
telle la vraie vie sous le voile d'Isis
par un figuier qui rêve

Sans amour ni haine
un trou la poursuit :

c'est l'Impossible-façon-d'ouvrir-
tout-à-coup-
une-fenêtre-sur-la-pure-violence

qui
sans *a* en « tout-à-coup »
pousse des cris d'effroi

alors que sans *n* dans la « violence »
décrit à froid un viol qui lasse

Se laissant guider par le *vent*

qui pend dans « devant »

et prenant comme *cible*

la fin de l' « impossible »

d’un bond précis

la Pure-lâcheté-de-s'enfuir-
précipitamment-
devant-l'absence-de-danger

se lance

dans l'idée de *précipice*

que « précipitamment » anticipe

Vertigineux et immonde

ce mot ose encore faire

le récit en vers de la hantise

qui gît au fond des cœurs

mais du corps de l'adverbe même

l'*amant* s'évade

vers l'envers des choses

où

ombre d'une rade seconde

il tombe

dans les bras du Pouvoir-retirer-

l'espace-aux-volumes

comme

comme la sève d'un nœud sur une tige

Mais

tel un son

qui sous l'eau nage

sans repère

les autres personnages font chœur

contre leur étreinte

qui est oui et non pas contre

qui est pacte d'un oui avec oui

vacuité

ouité ouitante

ouifiante ouirritante et ouificatrice

et d'un rire âcre

qui traduit chez eux

la quiétude d'une chaise en acte

ils la dépouillent

Une lettre

c’est l’être lui-même

mais qu’est-ce un « pouvoir » sans *pou*

sinon une façon de *voir*

luire

sur la caisse scellée

de l'Impossible-façon-d'ouvrir-
tout-à-coup-
une-fenêtre-sur-la-pure-violence

les clefs du Pouvoir-retirer-l'espace-aux-volumes

...le *vol* aux « volumes »

...l'oiseau à la langue

C'est le moment où entre en scène

Comment-se-délivrer-de-soi-même

héros principal

pâle prince du délit

celui qui déçoit

qui ment par principe

en un mot

le vrai centre

Devenu Voir-retirer-l'espace-à

(à qui ? peu importe)

l'ex Pouvoir-retirer-l'espace-aux-volumes

a pour devise :

lancer une lance

(c'est de la « pure violence »)

n'importe où

mais il rate les *cibles*

(voire l' « impossible »)

vise une porte

et touche le lit

jamais à la vie de l'*homme*

(de « comment »)

qui y couche

La pure violence de «comment»

dans Comment-se-délivrer-de-soi-même

commence:

il arrache la *hache*

de la « pure lâcheté »

et comme il a hâte

et le sens de l'*ange* du « danger »

d'un coup

coupe le *cou* de « tout à coup »

ou plus précisément

de l'Impossible-façon-d'ouvrir-
tout-à-coup-
une-fenêtre-sur-la-pure-violence
qui

grâce au *vol* volé auparavant aux « volumes »

vole à son propre secours

du moins en apparence

Dans cette course folle

dansée en plein vide

comme les ours

l'Impossible-façon-d'ouvrir-
tout-à-coup-
une-fenêtre-sur-la-pure-violence

lance le *cou* coupé de « tout-à-coup »

à la tête de l'*être* de la « fenêtre »

et de là

(aimant précis)

le colle vite à « ouvrir »

C'est une façon de couvrir « ouvrir »

du moins une de ses faces

celle de l' « Impossible façon » qui

avec une *face* en moins

est moins sûre que le *son*

Sans « façon » face et son s'effacent

comme tout à l'heure « tout à coup »

« volumes »

et « pouvoir »

Est-ce un rite

ou bien une simple façon de voir

en surface

l'allure de l'*être*

que le sein d'une « fenêtre » couve

et couvre

au pied de la lettre

Tout y est :

le *cou* de « couvrir » découvre l'*être*
en « fenêtre »
entr'ouverte

comme un dé
la roue et la hache

Et voilà la Pure-lâcheté-de-s'enfuir-
précipitamment-
devant-l'absence-de-danger

qui recommence :

Comment-se-délivrer-de-soi-même
commet un délit d'être :

il livre son corps aux deux *m*

et aux deux *anses*
qui l'attachent encore à « commence »
ou plus précisément
à Comment-se-délivrer-de-soi-même

mais en tirant des coups de feu

(les coups de l'ex « tout à coup »)

sur tout

et surtout sur soi-même

et sur l'Impossible-façon-d'ouvrir-

tout-à-coup-

une-fenêtre-sur-la-pure-violence

qui

fourrée au centre des cibles

entre par l'*être* de la « fenêtre »

et jette à la face du monde

le gant

le grand rire

(mou comme « mourir » ou comme
les poux qui grouillent dans « pouvoir »
par jets ou par ondes
dont le nom même m'échappe
et plus gras
plus grave que la rare grandeur sur la terre
ou la terreur d'être le rat d'un oui
que le chat d'un non happe)

l’appel d’air du rire

à mourir de fou rire

(mais ce n’était que pour rire)

dans ce four où en coma

Comment-se-délivrer-de-soi-même

danse

et s'éteint devant un témoin ivre

ivre de rien   ou d'émoi

Moi Moi Moi

ou bien Glissez-glissez-à-votre-tour

PASSIONNÉMENT

pas pas paspaspas pas
pasppas ppas pas paspas
le pas pas le faux pas le pas
paspaspas le pas le mau
le mauve le mauvais pas
paspas pas le pas le papa
le mauvais papa le mauve le pas
paspas passe paspaspasse
passe passe il passe il pas pas
il passe le pas du pas du pape
du pape sur le pape du pas du passe
passepasse passi le sur le
le pas le passi passi passi pissez sur

le pape sur papa sur le sur la sur
la pipe du papa du pape pissez en masse
passe passe passi passepassi la passe
la basse passi passepassi la
passio passiobasson le bas
le pas passion le basson et
et pas le basso do pas
paspas do passe passiopassion do
ne do ne domi ne passi ne dominez pas
ne dominez pas vos passions passives ne
ne domino vos passio vos vos
ssis vos passio ne dodo vos
vos dominos d'or

c'est domdommage do dodor
do pas pas ne domi
pas paspasse passio
vos pas ne do ne do ne dominez pas
vos passes passions vos pas vos
vos pas dévo dévorants ne do
ne dominez pas vos rats
pas vos rats
ne do dévorants ne do ne dominez pas
vos rats vos rations vos rats rations ne ne
ne dominez pas vos passions rations vos
ne dominez pas vos ne vos ne do do
minez minez vos nations mi mais do

minez ne do ne mi pas pas vos rats
vos passionnantes rations de rats de pas
pas passe passio minez pas
minez pas vos passions vos
vos rationnants ragoûts de rats dévo
dévorez-les dévo dédo do domi
dominez pas cet a cet avant-goût
de ragoût de pas de passe de
passi de pasigraphie gra phiphie
graphie phie de phie
phiphie phéna phénakiki
phénakisti coco
phénakisticope phiphie

phopho phiphie photo do do
dominez do photo mimez phiphie
photomicrographiez vos goûts
ces poux chorégraphiques phiphie
de vos dégoûts de vos dégâts pas
pas ça passio passion de ga
coco kistico ga les dégâts pas
les pas pas passiopas passion
passion passioné né né
il est né de la né
de la néga ga de la néga
de la négation passion gra cra
crachez cra crachez sur vos nations cra

de la neige il est il est né
passionné né il est né
à la nage à la rage il
est né à la né à la nécronage cra rage il
il est né de la né de la néga
néga ga cra crachez de la né
de la ga pas néga négation passion
passionné nez passionném je
je t'ai je t'aime je
je je jet je t'ai jetez
je t'aime passionném t'aime
je t'aime je je jeu passion j'aime
passionné éé ém émer

émerger aimer je je j'aime
émer émerger é é pas
passi passi éééé ém
éme émersion passion
passionné é je
je t'ai je t'aime je t'aime
passe passio ô passio
passio ô ma gr
ma gra cra crachez sur les rations
ma grande ma gra ma té
ma té ma gra
ma grande ma té
ma terrible passion passionnée

je t'ai je terri terrible passio je
je je t'aime
je t'aime je t'ai je
t'aime aime aime je t'aime
passionné é aime je
t'aime passionném
je t'aime
passionnément aimante je
t'aime je t'aime passionnément
je t'ai je t'aime passionné né
je t'aime passionné
je t'aime passionnément je t'aime
je t'aime passio passionnément

A GORGE DÉNOUÉE

Accouplé à la *peur*
comme *Dieu* à l'*odieux*

le *cou* engendre le *couteau*

et le *Coupeur* de têtes
suspendu entre la tête et le corps

comme le *crime*
entre le *cri* et la *rime*

Accouplé à la *peur*
comme le *cri* au *crime*

le *cou* engendre le *couteau*

et le *Coupeur* de têtes
suspendu entre ma tête et son corps

comme l'*égorgeur* à la *gorge*

Accouplé à la *peur*
comme la *boue* à la *bouche*

le *cou* engendre le *couteau*

et le *Coupeur* de têtes
suspendu entre sa tête et mon corps

comme la *terreur* à l'*erreur*

Accouplé à la *peur*
comme le *sacré* au *massacre*
le *cou* engendre le *couteau*

et le *Coupeur* de têtes
suspendu entre sa tête et son corps

comme le *corbeau*
entre le *cor* et le *beau*

Accouplé à la *peur*
comme les *larmes*
entre mon initiale et ses *armes*

le *cou* engendre le *couteau*
et le *Coupeur* de têtes
suspendu entre ma tête et mon corps

comme la *vie* dans le *vide*

Accouplé à la *peur*
entre la *vie* et le *vide*

le *cou* engendre le *couteau*

et le *Coupeur* de têtes
suspendu entre la tête et le corps

éclate de mou rire

PARALIPOMÈNES

POÉSIE ÉLÉMENTAIRE

l'eau qui a l'air d'allumer
                        le feu sur la terre
    l'air d'allumer l'air sur le feu
    l'air d'allumer sur l'eau
ce qui a l'air de s'éteindre sur terre
    l'air d'allumer et d'étreindre
    l'eau et le feu en l'air :

le cancer tu
            questionne la santé bavarde
depuis quand sers-tu
            dans la maison de sourds ?
de puits en puits de vérité :

O   vide en exil   A   mer suave

    I   mage   E   toile renversée

            U   topique

DROIT DE REGARD SUR LES IDÉES

Dans une des régions
les plus raréfiées de l'esprit
où je campais au pied de la lettre
à une altitude de nul pied
plane un petit nombre
d'idées très particulières
qu'il eût été dommage de ne pas saisir
au vol de mes distractions

Je faillis ne pas les apercevoir
tant elles étaient creuses au milieu
d'oublis   et de vertiges sans nom

L'une d'entre elles
attira notamment mon attention
non pas pour la beauté de sa démarche

d'une indistinction certaine
mais à cause de ses yeux
longs et minces
que j'ai pris pour des antennes
de sauterelle

Je me penchais, alors, et reconnus
une de ces idées à capuchon vert
qui prennent les hommes au dépourvu
Elles ne sont pas
égarantes, au contraire
mais le traitement qu'elles font subir
aux penseurs est si étrange
qu'il faut décrire en détail
le dispositif destiné à les captiver

La paupière du milieu, car
elle en a plusieurs
est inclinée en arrière, à la base
en sorte qu'elle se trouve tout contre
la paupière supérieure
et lui est partiellement accolée
Deux paupières latérales
sont réunies sur la moitié
de leur longueur
de manière à former comme
une fourchette dressée en l'air

C'étaient les extrémités effilées
de celle-ci
que je pris pour les antennes
d'une sauterelle

La prunelle encapuchonnée
s'appuie sur elles

Ainsi tout l'œil de l'idée se présente
dans la position inverse du regard
Il semble également en veilleuse
car il ne s'ouvre que rarement
L'acte de regarder s'accomplit
à l'intérieur
de manière fugitive et constante
et lorsqu'il s'accomplit
ne fait que s'avancer
entre les fourchettes

On ne s'attendait certes pas
mais c'est pourtant à cet endroit
que s'est posé naturellement
mon regard

car il n'y a pas d'autres voies
pour y pénétrer

L'irritabilité en fut extrême

Même le souffle d'une pensée
ou un minuscule battement de cœur
le font se retirer à l'intérieur
comme mû par un ressort
entraînant le regard du penseur
et obturant encore plus
la lourde trappe mentale

A peine aspiré au fond de l'œil
mon regard entreprit de se frayer
un chemin vers le haut

Il fait plus clair au sommet
là où les extrémités des paupières
sont repliées sur elles-mêmes

C'est sans doute la raison
pour laquelle
j'ai pu voir mon regard ramper
dans toutes les directions
à la fois

le seul moyen d'y parvenir
étant de n'y plus penser

(Il n'y avait pas beaucoup d'espace
à l'intérieur de l'idée)

Arrivé en haut
il se frotte nécessairement
contre soi-même
et reste le plus attaché
à sa manière de voir
qui n'est plus tout à fait la même

Toute cette étrange manœuvre
qui recommence aussitôt
dans l'autre œil
ne donne lieu apparemment
à aucun échange de vues

Il se peut cependant
que nos regards trouvent
au double fond de l'œil
quelque peu
d'une sécrétion visionnaire

Espérons que cette compensation
au moins
leur soit accordée

Eux qui normalement
se laissent fasciner
tout de suite
étaient comme aveuglés
par des larmes secrètes
et des gémissements saccadés
sortaient de leurs orbites

On comprendra
que ce soit là un exemple
extrême, à perte de vue

Quand au long regard
il n'arrive presque jamais
à pénétrer dans l'œil
de l'idée, il n'y a d'ailleurs rien
pour l'y attirer

Seuls les voyeurs à courte vue
en dépit des chocs plutôt rudes
à l'entrée
subissent un traitement plus doux
et on les laisse se retirer
au bout d'une demi-heure
ce qui vaut mieux
que d'être retenu à vie

On trouve pour certains
un exemple de long emprisonnement

C'est l'acte de cesser de regarder
qui déclenche
le mécanisme de libération
mais les voyous
ne procèdent pas toujours
progressivement
et, s'il se produit
le moindre contretemps
l'œil de l'idée ne s'ouvrira plus

L'idée que j'ai vue était ainsi

Son œil était privé de lumière
mais il dégâgeait une lueur masquée
qui attirait

A moins que les glandes idéatives
ne sécrètent quelque suc invisible
qu'elles peuvent opposer
de temps en temps
les regards entrent
sans rencontrer d'obstacle

Ils ont pour ce faire
à descendre le long du clignotement
par les deux cercles de cils raides
qui poussent inclinés vers le bas

Les regards peuvent passer
en pressant contre
les extrémités plus flexibles
mais il leur est impossible
de revenir en arrière
car ces extrémités
ne sont inclinées que d'un côté

Ils se trouvent alors
dans une petite chambre
au milieu de la vision même
et tandis que pris de panique
ils font des efforts pour sortir
ils se couvrent d'images

C'est alors que se révèle
le côté fascinant de la trappe
car aussitôt
qu'une quantité d'images
suffisantes pour émerveiller l'œil
surgit, les zones de cils

se détendent, se contractent
et finalement se recroquevillent :
plus rien dans ces conditions
n'empêche les penseurs
de prendre leur liberté

Il peut se passer
deux ou trois jours
avant qu'ils soient relâchés
car déclencher les images
par petits à-coups
ne suffit pas
pour ouvrir l'œil (la trappe)
et la distribution de non-images
doit se faire
perpétuellement

GUILLOTINÉS EN TÊTE A TÊTE

Guillotinés en tête à tête

sans tête ni jugement

une tête d'émeute sans tête

et le chef d'une révolte sans chef

échangent entre eux leur destin

(contre le chaos)

Bicéphales sans tête

en corps à corps d'acéphales sans corps

DÉ-MONOLOGUE

En passant
du
dialogue
au
dé-monologue

un coup de « dé »
abolit
toujours
le hasard

Hors-la-loi des contraires

Sphinx
à cheval d'échec
sur pile et face
Œdipus Rex
à cheval de Troie
sur le plein et le creux

A cheval érotique
— Cabbale-Eros —

sur question et réponse

Tour d'échec
sur éléphant sans défense

et sur la tour d'échec
le fou d'échec
à cheval d'échec
sur
la reine d'échec
et
le roi d'échec

Sur volupté et terreur
succéchec monstre

Destin et chaos
en ruban de Mœbius

(Au Bois Sacré de Bomarzo)

ŒDIPE SPHINX

Au nom
des
hors-la-loi
d'hier

au nom
des
hors-la-loi
d'aujourd'hui

le rescapé d'Auschwitz
et le rescapé SS
s'interrogent

au tribunal de Francfort

Comment condamner au nom de la loi
le crime commis au nom de la loi

Comment pardonner au nom de la loi
le sang versé au nom du sang

La question
dépasse la réponse

et l'accusé
le box

Ni pardon
ni châtiment

à perpétuité*

*Hiroshima...
Budapest...
Congo...

LE POÈTE MAUDIT

... le monde

QUI VOYEZ-VOUS?

Nous ne voyons personne

Nous voyons parfois quelqu'un

sinon comme quelqu'un qu'on voit
du moins comme quelqu'un
qu'on voit parfois
Parfois nous voyons quelqu'un
mais en général
nous ne voyons personne
Quand nous voyons quelqu'un
nous ne voyons personne
mais personne ne voit
qu'en ne voyant personne
on voit toujours quelqu'un
On voit bien que nous nous voyons
puisque nous nous voyons parfois
quoique pas toujours pour se voir
et encore moins pour voir
que l'on ne se voit pas
Comme si personne ne voyait
Quelqu'un voit pourtant
que nous ne nous voyons pas
et que nous voyons pourtant quelqu'un
Parfois
Comme si nous ne voyons personne
et comme si nous voyons pourtant
quelqu'un
Mais en général
nous ne voyons personne
même quand nous voyons quelqu'un
et quand quelqu'un voit
que nous ne voyons personne

LES CRIS VAINS

Personne à qui pouvoir dire
que nous n'avons rien à dire
et que le rien que nous nous disons
continuellement
nous nous le disons
comme si nous ne nous disions rien
comme si personne ne nous disait
même pas nous
que nous n'avons rien à dire
personne
à qui pouvoir le dire
même pas à nous

Personne à qui pouvoir dire
que nous n'avons rien à faire
et que nous ne faisons rien d'autre
continuellement
ce qui est une façon de dire
que nous ne faisons rien
une façon de ne rien faire
et de dire ce que nous faisons

Personne à qui pouvoir dire
que nous ne faisons rien
que nous ne faisons
que ce que nous disons
c'cst-à-dire rien

LA POÉSIE PRATIQUE

En pratiquant le bouche à bouche
de mot à mot

de « feu » le mort à « feu » vif

d' « ellipse » géométrique
en « ellipse » grammaticale

l'ellipse de flamme
que Novalis mouilla jadis
rallume ici
« le sale on »
que l'Autre larron
désespérait tant d'entrevoir
« au fond du lac »
illuminé

Par la bouche du feu volcan
se prononce ainsi
ce que l'actuel cratère d'eau
en forme d'ellipse
n'arrête de refléter :

(son point de fuite
au point de mire)

Non-Œdipus X

Narcisse sans visage
ni' noyade

Une fois ressuscité
le feu feu ne vit que
« d'air et d'eau fraîche »

« Commc »

LA PAROLE

Dans le désordre de l'ex-précis
on passe la parole à l'acte

Beau comme

Beau bé bi ba boue
Laid la li lo loup

Sur la table de dissection
la machine à coudre
rend contre
le parapluie

Comme le haut
le bas
sur la table d'émeraude

Phosphènes

Le four de gloire est arrivé

Brûler les états
brûler les étapes

Étreindre le feu
éteindre l'enfer

DE L'ALPHABET

AU BÉTABET

De l'A au B
Laobé tire la langue
(de pendue)

Dakar
en « Lumières de Montagne »*

couteau* suspendu
au-dessus de sa tête

Supérieur Inconnu

La Belle Anonyme tire
(la langue)
à l'arc
(sans-cible)

Au cœur de « Dakar »
Monsieur K
vaque à ses affres

* « Lichtenberg »

L'AMANT DIT CITÉ

(Ton beau tombeau)

Le charmeur de serfs
pend sa langue

Fiat Lux!
luxe âcre

Parler corde
dans la maison d'yeux

La fontaine de la ville
vaque à ses affres

L'étranglé-étrangleur
au coin des rues

D'UN GESTE SIGNIFICATIF

D'un geste significatif
nous pointâmes
simultanément
nos index

Le mien
sur ma tempe
le sien
sur la sienne

Avec nos index disponibles
nous nous bouchâmes les oreilles

L'une après l'autre
l'une après l'autre
l'une après l'autre
l'une après l'autre
l'une après l'autre

Sa bouche
sur la mienne
et la mienne sur la sienne

lit muable n'est point sujet à changer
lit mortel n'est point sujet à la mort
lit limité ne peut être limité
et de lit mémoré
on n'a pas conservé la mémoire

boisson acide, substance simple : lit-monade

commun dans les marais : lit-vie
tirant sur le noir, lit-vide

lit légal contraire à la loi
lit moral contraire à la morale

lit réel n'est pas réel
lit réalisable n'est pas réalisable

lit-monde sale et impur
lit vrai cause de grands ravages

LIT IVRE points
de
lit-tige
lit-dé et lit-mage

lit respirable lit responsable lit mobile

lit-lit mi-table
lits sans cieux

D'AUDIANT A VOYANT

Comment placer sur une orbite
sans cieux
les prunelles
sans yeux
de nos orbites
sans creux ?

les lèvres
sans bouche
sous des narines
sans trou ?

l'oreille à l'orée de l'œil
la rétine à même le tympan
le dedans entre les dents
et le dehors dedans ?

LA QUESTION

Sous des vagues soudées comme des chiens
ou bien comme un doigt à sa bague
                    à quoi ? à quoi ?
                    à sa bague
la noce de l'eau et de l'océan

Au-delà de l'eau et en deçà de l'océan
des au-delà et des en-deçà
en désordre en moi

en moi l'anneau qui échoua en moi
en moelle d'au-delà

au-delà de l'os qu'un cosmos en soi
et en deçà de moi guette

Au-dessous bien au-dessous
des vagues soudées comme des chiens
où chaque goutte d'eau envoûte
et fornique avec les meutes aquatiques
à quoi ? à quoi ?
à sa bague
sabbat océanique des formes vagues
émeute des vagues soudées
comme des chiens

déchets déchiquetés à outrance
et soudés comme des chiens
cimes d'aube
où l'on déshabille les abîmes

transmuent l'onde en être d'acier
et à l'intensité extrême
de l'étreinte et de la rixe
l'être de l'acier en densité vide

Avant d'être outrance d'un solide
ce vide fut fluide absolu

Des ondes en acier que l'intensité
de la rixe et de l'étreinte
— soudées comme des chiens — rend vide

— vide solide d'un liquide
déchiqueté d'absolu —

quêtent le vide épais

Les ondes vides
quêtent pénètrent et sondent
l'être du vide
que le vide même féconde

Et dans un corps vide
au centre d'un ventre vide
qui eut l'océan et l'eau même
pour vide
c'est encore le vide
à jamais vide

A l'âge aimé
hors du temps
horde d'un trouble

Vide   vide impénétrable

Cuirasse grasse du vide vide
où l'eau et l'océan
sous l'écho de la houle
consomme la noce

Homme   quel vide es-tu ?

Têtu   têtu   têtu   dis !

Idée

A sa bague

Noce légitime

Comme un doigt
à sa bague

Agis
léger commun !

A sa bague

Vide

Le doigt et sa bague
un doigt sur le vide

Soudés comme des chiens

Sous des vagues

Sous l'écho de la houle

Ou bien ? ou bien ?
comme

à quoi ? à quoi ?
à sa bague

L'eau et l'océan
l'anneau en os de néant

à quoi ? à quoi ?
à sa bague
question imbécile
qu'un bègue *lance*...

Encore une balle perdue
encore une balle perdue
Cela fait deux
Encore une balle perdue
Cela fait trois
Encore une balle
une balle qui oscille
A quoi ? à quoi ?
à sa bague
Encore une balle perdue
qui oscille
Cela fait ?
Cela ne fait rien
continue !
cela fait un feu continu
qui oscille
Continuer quoi ?
La nuée d'à quoi-à-quoi
à sa bague qui oscille
A quoi ? à quoi ?
à quoi bon

bon! continue

... au silence

à quoi? à quoi?
à sa bague

Question imbécile
que le bègue pose au sourd
qui la pose
comme la clef d'un aveu
sur les lèvres aveugles
d'un vieux muet ivre et vide
qui coasse
à quoi? à quoi?
et qui ne fait que la coasser
la caqueter la courcailler
et la coqueriquer
à perdre haleine — et la forme —
à l'énorme oreille du vacarme

Question imbécile
à quoi?
à quoi?
à sa bague
De quel rage
faute ou terreur
faut-il interroger l'imbécile
aux armes sans écho?

De quel prise de néant
comme on dit de conscience
de rose ou de sang
faut-il interroger l'imbécile?

A l'orée d'un point raide et froid
qui vit de la sève de l'Idée vide
un Élu infra-lucide s'évade
aux limbes de l'imbécillité

Est-ce que la quête d'à-quoi-à-quoi
pan! une balle qui s'envole
se sert de la conquête du néant
comme le néant
de la queue qu'avale le serpent?

Quête de quoi que ce soit
sans omettre la comète
au cri comestible
en quête d'une cible instable
dans les caves du Moi

A la question à-quoi-à-quoi
qui est un arrêt inquiet
vraie nuque démente sous la hache
et à l'affût d'un moine chinois
noyé dans le vague
la réplique fut machinalement   bague

Quête de bègue dans une botte de moins

Comme des chiens et des vagues

Acre déchet de néant

Innocent massacre

Démon trou
mon ouverture étonne!
Ma louve verte
est un trou mâle de vérité

Et ma chatte verte
un vestige de l'étrange naufrage
qui eut l'océan pour épave

Preuve ou rêve
d'une ouverture-chute

CRIER TAIRE SOURIRE FOU

Eclipses synchroniques

(verbe sourd concentrique à l'écho)

au sein creux de l'apocalypse

Néants équivoques

souriez X

De la peau

jusqu'au jus de l'os

les entités cubiques

u b i q u i t é

v a c u i t é

i d é e f i x e - v i t e

mettent au défi

le vide debout-assis

qui a le fou cri tacite

La quadrature de la roue entée

fouettant la quête sans tain

A P O S T R O P H '
A P O C A L Y P S E

APOSTROPHE NU'

APOSTROPHE CLE'

APOSTROPHE AIR'

PROPOS AVANT

V'ivre l'apocalypse

c'est v'ivre la vie manquée

Manquée comme l'acte

Parlant en lapsus linguæ
la langue sourde
des cyclopes

la s'ève a-damnée sourd
de l'arbre vide

Ouvrons donc l'a-tome second
du l'ivre des « m*or*ts »

L'or errant qui remplit
ces culs-de-jatte décapités
s'évade

du banal
Œdipe-Roi-est-« m*or*t »
(sans queue ni tête)

se livre au Sphinx :

Œdipe-Sphinx
en « tête à tête »
sans « t » ni « é »
à santé niée

Or le zeugme de l'énigme
c'est l'apocope vécue

l' « eau » sans voyelles
en quête sans-cible

A « *for*ce »
(encor' un cul-de-jatte
décapité et son or')
d'apostropher l'être
on perd la tête

Le m'onde s'onde
anse d'un bol

Et l'on passe
de « passe » chose
en « passe » verbe
de la chose à la ch'ose

au silence qui
ose crier taire

«T*ERREUR*»

SANS TÊTE

SUR

«*TERRE*UR»

SANS JAMBES

LA

«T*ERRE*UR»

ERRE

SANS TÊTE

NI JAMBES

Comme l'erreur sur terre
ce « tronc » de cul-de-jatte
décapité

dont l'anagramme
sonne « contr' »
et l'apostrophe
être en filigrane

v'i sous le couperet
avec la femme sans tête

Rêve et Réel
d'usurpateur mâle
(l'Androgyne et le Monde)
s'ombrent

à perte
de « 100 » pour « sans »

Ce n'ombre acéphale
résonne hors mesure

La quête sans queue ni tête
en dérive

« en dérive » chose
et « en dérive » verbe

En tête à tête
sous la guillotine

pendant la révolution
quotidienne

tirant hors tarot
et de la bouche du pendu

la langue des oiseaux
— mouche, langue adversaire —

Gynandre s'embarque
sans barque

A BRAS OUVERTS, MAIN COUPÉE

La tête à couper
jamais la main
jamais les doigts

Bras et jambes coupés
les bras tombent à bras-le-corps
les bras tombent à poings fermés
jambes à bras
sans jambes ni bras

Les mains vides
jetées à pleins bras

A bras ballants
la main tendue au creux de la main
menottes aux ongles

Pouce mordu
auriculaire sourd
index aveugle

Annulaire et médius
en angle X
la noce nulle

Main-tenant

Main en dérive
au bras d'une vergue

A bras raccourcis
la langue coupée
impose les mains
à tour de bras

Une affaire de sang
sur les mains
une affaire de mains
sur les bras

Les bras de siège
en état de

A LA SANTÉ DU « M*OR*T »

(SANS QUEUE
NI TÊTE)

Face au peloton d'exécution
le peloton d'exécutés
et le peloton
d'exécutants
face à face

Dos au mur
le peloton d'exécutants
et le peloton de fusillés

Le peloton d'exécutés
dos à dos et de face

A dos ou face
le peloton de fusillés

Le peloton de fusillants
dos à dos

A dos ou face
le peloton de dos
et le peloton de face

Face à face et de dos
le peloton exécuteur
et le peloton exécutif

A face exécutive
dos exécutant
à dos exécutoire
face exécutrice

Face à face
les fusilleurs

Dos à dos
les fusillables

Face
au peloton d'exécution

Le peloton
de fusillés exécutants
et le peloton
de fusillants exécutés
dos à dos

Dos au mur
les exécutants fusillés
face à face

Carré courbe
Rire à l'écoute
Humour sourd

In-humé au carré des suppliciés

COMMENT S'EN SORTIR SANS SORTIR

En pure perte
        sur la voie a-puissante

(Z)Eros parla
        de sa voix a-puissante

En pure perte :

A perte sur prise
cartes sur table
(« *carte* » sans queue ni tête
et carte blanche)
sur table rase

Table allégée d'émeraudes

On sort du sort
allégés d'émeraudes

On s'en sort par lapsus linguæ
par lapsus vitæ
par lapsus linguæ
par lapsus vitæ, on s'en sort

Et, sans sort,
essenc' « or » des sens a-légers

Poisson sans poids ni son
dans l'eau sans voyelles

L'hombre a-femme
l'eau d'a-puits

PARALIPOMÈNES

(Répertoire
des
oublis
d'un livre)

Zérojambiste à toutes jambes

Double manchot
à tour de bras

Tête tranchée
Tronc occulte

La supérieure virgule (')
Le supérieur inconnu ( )
en « tête à tête »
sans « t » ni « é »
à santé niée

de
fou du roi
à
fou-roi

à trait d'union

apostrophant
du' de dépendance

no (n) ce d'apostrophe
fou (d) roi' dé captif

à beau lit hasard!

La supérieure virgule (')
Le supérieur inconnu (   )
en « tête à tête »
sans « t » ni « é »
à santé niée!

PARALIPOMÈNES (suite)

mot
« atome » renversé
sans fin ni commencement

mot-valise à triple fond :
zéro (héros) éros, sans centre
mot-valise à triple fond
dont le second sans.

(.) point (!),
apostrophe de « f*on*d »...
ou de « m*or*t »,
sans queue ni tête

La supérieure virgule (')
Le supérieur inconnu (   )
en tête à tête
sans « t » ni « é »
à santé niée !

enjeu purulent tue santé
« je »
en « jeu » pur « u » lent (« tu » sans « t »)
« jeu » sans « u » (ni « t »)
sans « je » ni « tu »

non-androgyne, la rebelle gynandre
apostrophe l'utopie établie

en « je » qui se perd en « jeu »
« u » seul survit (sur-vie)
« u » pur et lent (pur élan)
éperdu en « tu » sans « t »

« u » chute à vol d'oiseau (-mouche)
« u » chut ! en air' d'aigle-foie

La supérieure virgule (')
Le supérieur inconnu (   )
en « tête à tête »
sans « t » ni « é »
à santé niée !

E L L I P S E

D ' E L L I P S E

Géométrie. Courbe fermée
dont chaque point est tel
que

la somme de ses distances
à deux points fixes
appelés foyers est constante :
la terre décrit une ellipse
en tournant
autour du soleil

Grammaire. Figure par laquelle
on supprime un ou plusieurs
mots
qui ne sont pas indispensables
pour l'intelligence
de la phrase, comme :

Le crime fait la honte
et non pas l'échafaud

c'est-à-dire l'échafaud
ne fait pas la honte

Or
pour tracer une ellipse
sur le terrain, on plante
en terre deux piquets a et b.
Ces piquets vont
former les foyers de
l'ellipse à tracer. On passe
sur ces deux piquets
une corde sans fin a b c,
que l'on tend à l'aide
d'un troisième piquet mobile c,
puis, en maintenant la corde
bien tendue, on trace
l'ellipse avec le piquet mobile.

L'ellipse
du point mobile de l'ellipse
engendre
l'ellipse d'ellipse

Au foyer elliptique de la Gynandre
disparaître
se « substitue » à
paraître

(« ... tue » silencieuse
à « ... tue » assassine)

sur une ellipse de terre qui
en tournant autour
d'une ellipse de soleil

(« tournant » chose
et « tournant » verbe)

décrit l'ellipse d'ellipse
d'où surgit
— doux sur-gît —
l'insurgé de Kali-Youga

l'elliptique
non-être
époqualliptique

le l'a (n) ge en fer

LE ROUGE
ET
LE BLANC

Econocomiquement faibles

Apocapoliptiquement forts

Le mot se donna un temps silencieux. Il fit répandre le bruit que le vacarme forcerait le blocus du fond et de la forme, mais le fond de la menace n'était pas aussi noir que la forme. On ne peut donc en conclure ni un repli vers le silence sans fond ni un futur acte de vacarme sans forme. Sa déclaration elliptique de ce soir n'en souffle mot.

Silenxieusement autre,

SISYPHE GÉOMÈTRE

son apothème d'angoisse

K O N O S

Corps angoissant engendré
par un triangle
rectangle angoissé
qui tourne angoissé
autour d'un des côtés angoissants
de l'angle droit de l'angoisse

Plus généralement angoissée-angoissante
une surface angoissante
est engendrée
par une droite mobile angoissée
qui se déplace angoissée
en passant angoissante
par un point fixe
angoissé-angoissant
dans l'espace de l'angoisse

Le point fixe angoissant
est le sommet de l'angoisse
la droite mobile angoissée
sa génératrice angoissante
et la courbe fixe angoissante
la directrice angoissée

KULINDROS

Corps angoissant
par la rotation angoissante
d'un rectangle d'angoisse
autour d'un de ses côtés
angoissants

L'aire d'angoisse
latérale à l'angoisse
est égale en angoisse
au produit d'angoisse
de la circonférence angoissée
de la base d'angoisse
et le volume de l'angoisse
est égal en angoisse
au produit d'angoisse
de la surface angoissante
de la base angoissée
par la hauteur de l'angoisse

S P H A I R A

Corps angoissant
tel que toutes les lignes
angoissantes
tirées par angoisse
à la surface de l'angoisse
sont égales en angoisse

Angoisse céleste angoissante
ou imaginaire angoissée
ayant pour centre angoissant
l'œil angoissé
de l'observateur angoissant
et sur la surface angoissante
de laquelle
les étoiles angoissantes
semblent angoissées
attachées à l'angoisse

K U B O S

Corps angoissant
à six faces angoissées
carrées angoissantes
égales en angoisse

Le volume angoissant
de l'angoisse
s'obtient en angoisse
en faisant angoisser
l'angoisse angoissante
de son côté angoissé
c'est-à-dire en multipliant
en angoisse
trois fois angoissante
par elle-même
angoissée
la longueur angoissée
de son côté angoissant

L'angoisse
d'un nombre angoissant
est le produit angoissé
de trois facteurs angoissants
égaux angoissés à ce nombre
d'angoisse

Se dit
d'une mesure d'angoisse
appliquée par angoisse
à évaluer en angoisse
le volume d'angoisse
d'un corps angoissant
pour le distinguer en angoisse
de la mesure angoissante
linéaire angoissée
correspondante à l'angoisse

PURAMIS IDOS

Corps angoissant
qui a pour base angoissante
une angoisse quelconque
et pour faces angoissantes
latérales angoissées
des triangles angoissants
qui se réunissent angoissés
en un même point d'angoisse

Angoisse régulière de l'angoisse
qui a pour base angoissante
une angoisse
régulière de l'angoisse
et dont la hauteur d'angoisse
tombe angoissée
au centre angoissant
de la base d'angoisse

(La distance angoissante
du sommet angoissant
à l'un des côtés angoissants
de la base d'angoisse
est appelée par angoisse :
apothème d'angoisse)

On obtient en angoisse
l'aire d'angoisse
latérale à l'angoisse d'une angoisse
régulière en angoisse
en multipliant par angoisse
le périmètre d'angoisse
de sa base angoissée
par la moitié angoissante
de son apothème d'angoisse

Le volume en angoisse
d'une angoisse
s'obtient par angoisse
en multipliant en angoisse
la surface d'angoisse
de la base d'angoisse
par la hauteur de l'angoisse
en divisant par angoisse
le produit d'angoisse
par trois angoisses

LA FIN DU MONDE

prendre corps

Je te flore
tu me faune

Je te peau
je te porte
et te fenêtre
tu m'os
tu m'océan
tu m'audace
tu me météorite

Je te clef d'or
je t'extraordinaire
tu me paroxysme

Tu me paroxysme
et me paradoxe
je te clavecin
tu me silencieusement
tu me miroir
je te montre

Tu me mirage
tu m'oasis
tu m'oiseau
tu m'insecte
tu me cataracte

Je te lune
tu me nuage
tu me marée haute
Je te transparente
tu me pénombre
tu me translucide
tu me château vide
et me labyrinthe
Tu me paralaxe
et me parabole
tu me debout
et couché
tu m'oblique

Je t'équinoxe
je te poète
tu me danse
je te particulier
tu me perpendiculaire
et soupente

Tu me visible
tu me silhouette
tu m'infiniment
tu m'indivisible
tu m'ironie

Je te fragile
je t'ardente
je te phonétiquement
tu me hiéroglyphe

Tu m'espace
tu me cascade
je te cascade
à mon tour mais toi

tu me fluide

tu m'étoile filante

tu me volcanique

nous nous pulvérisable

Nous nous scandaleusement
jour et nuit
nous nous aujourd'hui même
tu me tangente
je te concentrique

Tu me soluble
tu m'insoluble
tu m'asphyxiant
et me libératrice
tu me pulsatrice

Tu me vertige
tu m'extase
tu me passionnément
tu m'absolu
je t'absente
tu m'absurde

prendre corps

Je te narine je te chevelure
je te hanche
tu me hantes
je te poitrine
je buste ta poitrine puis te visage
je te corsage
tu m'odeur tu me vertige
tu glisses
je te cuisse je te caresse
je te frissonne
tu m'enjambes
tu m'insuportable
je t'amazone
je te gorge je te ventre
je te jupe
je te jarretelle je te bas je te Bach
oui je te Bach pour clavecin sein et flûte

je te tremblante
tu me séduis tu m'absorbes
je te dispute
je te risque je te grimpe
tu me frôles
je te nage
mais toi tu me tourbillonnes
tu m'effleures tu me cernes
tu me chair cuir peau et morsure
tu me slip noir
tu me ballerines rouges
et quand tu ne haut-talon pas mes sens
tu les crocodiles
tu les phoques tu les fascines
tu me couvres
je te découvre je t'invente
parfois tu te livres

tu me lèvres humides
je te délivre je te délire
tu me délires et passionnes
je t'épaule je te vertèbre je te cheville
je te cils et pupilles
et si je n'omoplate pas avant mes poumons
même à distance tu m'aisselles
je te respire
jour et nuit je te respire
je te bouche
je te palais je te dents je te griffe
je te vulve je te paupières
je te haleine
je t'aine
je te sang je te cou
je te mollets je te certitude
je te joues et te veines

je te mains
je te sueur
je te langue
je te nuque
je te navigue
je t'ombre je te corps et te fantôme
je te rétine dans mon souffle
tu t'iris

je t'écris
tu me penses

son corps léger

Son corps léger

est-il la fin du monde?

c'est une erreur

c'est un délice glissant

entre mes lèvres

près de la glace

mais l'autre pensait :

ce n'est qu'une colombe qui respire

quoi qu'il en soit

là où je suis

il se passe quelque chose

dans une position délimitée par l'orage

Près de la glace c'est une erreur

là où je suis ce n'est qu'une colombe

mais l'autre pensait :

il se passe quelque chose

dans une position délimitée

glissant entre mes lèvres

est-ce la fin du monde ?

c'est un délice quoi qu'il en soit

son corps léger respire par l'orage

Dans une position délimitée

près de la glace qui respire

son corps léger glissant entre mes lèvres

est-ce la fin du monde ?

mais l'autre pensait : c'est un délice

il se passe quelque chose quoi qu'il en soit

par l'orage ce n'est qu'une colombe

là où je suis c'est une erreur

Est-ce la fin du monde qui respire
son corps léger ? mais l'autre pensait :
là où je suis près de la glace
c'est un délice dans une position délimitée
quoi qu'il en soit c'est une erreur
il se passe quelque chose par l'orage
ce n'est qu'une colombe
glissant entre mes lèvres

Ce n'est qu'une colombe

dans une position délimitée

là où je suis par l'orage

mais l'autre pensait :

qui respire près de la glace

est-ce la fin du monde ?

quoi qu'il en soit c'est un délice

il se passe quelque chose

c'est une erreur

glissant entre mes lèvres

son corps léger

BIOGRAPHIE

Né à Bucarest en 1913 dans un milieu juif ashkénaze, libéral, Ghérasim Luca se trouve très tôt en contact avec de nombreuses langues, en plus du yiddish et du roumain, notamment le français et l'allemand. Le français est alors la langue de la culture littéraire, l'allemand, celle de la philosophie et de la psychanalyse. Luca a ainsi directement accès, pendant ses années de formation, aux débats qui agitent Paris, Berlin et Vienne. Il publie dans *Alge* et *Unu*, des revues « frénétiques » d'orientation surréaliste. Son intérêt pour le surréalisme parisien s'affirme à la fin des années trente, en liaison avec ses amis Jacques Hérold et Victor Brauner. Luca ébauche une correspondance avec André Breton, mais renonce à le rencontrer lors de son premier passage à Paris en 1938, tandis qu'il participe au Salon des Sur-indépendants. C'est à Paris que la déclaration de guerre le surprend : après quelques jours d'errance en Italie, il regagne la Roumanie le 26 juin 1940, accompagné de Gellu Naum. La politique antisémite du gouvernement roumain crée un climat de discrimination et d'angoisse permanente, Luca survit dans une sorte d'exil forcé et interrompt toute activité poétique ou artistique. Les deux années de l'immédiat après-guerre, avant l'instauration du pouvoir communiste fin 1947, ont un goût de renaissance et de liberté. Luca écrit et dessine à nouveau, il dispose d'une imprimerie et d'un lieu d'exposition. Avec Paul Paun, Dolfi Trost, Gellu Naum, Virgil Theodorescu, il anime un groupe surréaliste qui multiplie les libelles. La mise en place de l'ordre communiste ruine cet élan créateur. Luca tente de s'enfuir avec Dolfi Trost, mais ils sont repris à la frontière. La seule possibilité de quitter la Roumanie, c'est la demande de visa pour Israël. Après cinq ans d'attente et de silence, Luca émigre et, après quelques mois en Israël, s'installe à Paris, ville qu'il ne quittera plus. Ses poèmes, ses dessins, ses collages sont publiés par la revue *Phases*. Brauner, Arp, Ernst, Hérold, Lam, Matta, Tanning, Augustin Fernandez, Enrique Zanartu, Gisèle Celan-Lestrange, Micheline Catti illustrent ses textes. Sa rencontre avec François Di Dio, qui dirige les éditions du Soleil Noir, lui permet de réaliser des livres-objets avec Jacques Hérold, Max Ernst, Piotr Kowalski, tout en assurant la première véritable diffusion de ses poèmes. À partir de 1967, Ghérasim Luca donne des récitals, notamment à Stockholm, Paris, New York, San Francisco, Oslo, Genève. Le film de Raoul Sangla *Comment s'en sortir sans sortir*, réalisé en 1989 pour la télévision, grâce à Thierry Garrel, témoigne admirablement de l'envoûtement créé par l'engagement vocal et physique de l'auteur de *Théâtre de bouche*.

Le 9 février 1994, Ghérasim Luca envoie un ultime message à sa femme, Micheline Catti, avant de se jeter dans la Seine.

BIBLIOGRAPHIE

en roumain :

Quantitativement aimée, Éditions de l'Oubli, Bucarest, 1944.

Dialectique de la dialectique, en collaboration avec Dolfi Trost, éditions surréalistes, Bucarest, 1945.

Les Orgies des quanta, Éditions de l'Oubli, Bucarest, 1946.

en français :

Le Vampire passif, Éditions de l'Oubli, Bucarest, 1945.

Amphitrite, Éditions de l'Infra-noir, Bucarest, 1945.

Le Secret du vide et du plein, Éditions de l'Oubli, Bucarest, 1947.

Héros-Limite, Le Soleil Noir, Paris, 1953, avec une gravure et trois dessins de Jacques Hérold.

Ce château pressenti, Méconnaissance, Paris, 1958, avec frontispice et gravure de Victor Brauner.

La Clef, Poème-Tract, 1960, Paris.

L'Extrême-Occidentale, Éditions Mayer, Lausanne, 1960, avec 7 gravures de Arp, Brauner, Ernst, Hérold, Lam, Matta, Tanning.

La Lettre, sans mention d'édition, Paris, 1960.

Le Sorcier noir, avec Jacques Hérold, Paris, 1962.

Sept slogans ontophoniques, Brunidor, Paris, 1964, avec

gravures de Augustin Fernandez, Enrique Zanartu, Gisèle Celan-Lestrange, Jacques Hérold.

Poésie élémentaire, Éditions Brunidor, Vaduz, Liechtenstein, 1966.

Apostroph'Apocalypse, Éditions Upiglio, Milan, 1967, avec 14 gravures de Wilfredo Lam.

Sisyphe géomètre, Éditions Givaudan, Paris, 1967, Livre-sculpture conçu par Piotr Kowalski.

Droit de regard sur les idées, Brunidor, Paris, 1967.

Déférés devant un tribunal d'exception, sans indication d'édition, Paris, 1968.

Dé-Monologue, Brunidor, Paris, 1969, avec 2 gravures de Micheline Catti.

La Fin du monde, Éditions Petitthory, Paris, 1969, avec frontispice de Micheline Catti et 5 dessins de Ghérasim Luca.

Le Tourbillon qui repose, Critique et histoire, 1973.

Le Chant de la carpe, Le Soleil Noir, Paris, 1973, avec sonogramme et sculpture de Kowalski.

Présence de l'imperceptible, Franz Jacob, Châtelet, sans date d'édition.

Paralipomènes, Le Soleil Noir, Paris, 1976, avec une cubomanie de Luca.

Théâtre de bouche, Criapl'e, Paris, 1984, avec 1 gravure et 9 dessins de Micheline Catti.

Satyres et satrape, Éditions de la Crem, Barfleur, 1987.

Le Cri, Éditions Au fil de l'encre, Paris, 1995.

Aux éditions José Corti :

Héros-Limite, 1985.

Le Chant de la carpe, 1986.

Paralipomènes, 1986.

Théâtre de bouche, 1987

La Proie s'ombre, 1991

L'Inventeur de l'amour suivi de *La Mort morte*, 1994.
La voici la voie silanxieuse, 1997.
Un loup à travers une loupe, 1998.
Le Vampire passif, 2001.
Levée d'écrou, 2003.
Sept slogans ontophoniques, 2008.
L'Extrême-Occidentale : sept rituels, 2013.
La Paupière philosophale, 2016.

Discographie :

Ghérasim Luca par Ghérasim Luca (2CD), José Corti, 2001.

Filmographie :

Comment s'en sortir sans sortir de Raoul Sangla, 1989 (55 minutes), Arte, CND, FR3.

Récital :

1967 : Stockholm, Moderna Museet.
1968 : Vaduz, Aula der Volksschule.
1969 : Paris, Musée d'Art Moderne.
1970 : Paris, Atelier de Création Radiophonique.
1971 : Paris, Galerie Albertus Magnus.
1973 : Stockholm, Franska Institut.
1975 : Paris, Musée d'Art Moderne.
1977 : Sceaux, centre Gémeaux.
1977 : Paris, La Hune.
1981 : Paris, Centre Georges Pompidou.
1984 : New York, Museum of Modern Art.
1984 : San Francisco, International Festival of Language and Performance.
1985 : Oslo, 1er Festival International de Poésie.
1986 : Villeneuve-d'Ascq, Musée d'Art Moderne.
1986/1987 : Paris, France Culture.

1988 : Genève.
1991 : Paris, Centre Georges Pompidou.

Essais sur Ghérasim Luca :

Dominique Carlat : *Ghérasim Luca l'intempestif,* José Corti, 1998.
André Velter : *Ghérasim Luca passio passionnément.* Jean Michel Place/Poésie, 2001.
Petre Raileanu : *Ghérasim Luca,* Oxus/Les Roumains de Paris, 2004.

DERNIÈRES PARUTIONS

456. Pascal Quignard	*Lycophron et Zétès.*
457. Kiki Dimoula	*Le Peu du monde* suivi de *Je te salue Jamais.*
458. Marina Tsvétaïéva	*Insomnie* et autres poèmes.
459. Franck Venaille	*La Descente de l'Escaut* suivi de *Tragique.*
460. Bernard Manciet	*L'Enterrement à Sabres.*
461. ***	*Quelqu'un plus tard se souviendra de nous.*
462. Herberto Helder	*Le poème continu.*
463. Francisco de Quevedo	*Les Furies et les Peines.* 102 sonnets.
464. ***	*Les Poètes de la Méditerranée.*
465. René Char & Zao Wou-Ki	*Effilage du sac de jute.*
466. ***	*Poètes en partance.*
467. Sylvia Plath	*Ariel.*
468. André du Bouchet	*Ici en deux.*
469. L.G Damas	*Black-Label* et autres poèmes.
470. Philippe Jaccottet	*L'encre serait de l'ombre.*
471. ***	*Mon beau navire ô ma mémoire* Un siècle de poésie française. Gallimard 1911-2011.

472. ***	*Éros émerveillé*. Anthologie de la poésie érotique française.
473. William Cliff	*America* suivi de *En Orient*.
474. Rafael Alberti	*Marin à terre* suivi de *L'Amante* et de *L'Aube de la giroflée*.
475. ***	*Il pleut des étoiles dans notre lit*. Cinq poètes du Grand Nord
476. Pier Paolo Pasolini	*Sonnets*.
477. Thomas Hardy	*Poèmes du Wessex* et autres poèmes.
478. Michel Deguy	*Comme si Comme ça*. Poèmes 1980-2007.
479. Kabîr	*La Flûte de l'Infini*.
480. Dante Alighieri	*La Comédie*. Enfer – Purgatoire – Paradis.
481. William Blake	*Le Mariage du Ciel et de l'Enfer* et autres poèmes.
482. Paul Verlaine	*Cellulairement* suivi de *Mes Prisons*.
483. ***	*Poèmes à dire*. Une anthologie de poésie contemporaine francophone.
484. ***	*Je voudrais tant que tu te souviennes*. Poèmes mis en chansons de Rutebeuf à Boris Vian.
485. Pablo Neruda	*Vaguedivague*.
486. Robert Desnos	*Contrée* suivi de *Calixto*.
487. Arun Kolatkar	*Kala Ghoda*. Poèmes de Bombay.
488. Paul de Roux	*Entrevoir* suivi de *Le front contre la vitre* et de *La halte obscure*.
489. Guy Goffette	*Un manteau de fortune* suivi de *L'adieu aux lisières* et de *Tombeau du Capricorne*.
490. Yves Bonnefoy	*L'Heure présente* et autres textes.
491. Juan Gelman	*Vers le sud* et autres poèmes.
492. Michel Leiris	*Glossaire j'y serre mes gloses* suivi de *Bagatelles végétales*.
493. Michel Houellebecq	*Non réconcilié*. Anthologie personnelle 1991-2013
494. Henri Michaux	*À distance* suivi de *Annonciation*.
495. Henri Michaux	*Moments*. Traversées du temps.

Ce volume,
le trois cent soixante quatrième de la collection Poésie,
a été achevé d'imprimer sur les presses
de l'imprimerie Novoprint,
le 7 avril 2017.
Dépôt légal : avril 2017
1er dépôt légal dans la collection : octobre 2001

ISBN 978-2-07-0041069-9. / Imprimé en Espagne

316296